ALIANZAS

ADRIÁN HENRÍQUEZ

ALIANZAS

Sobre la presente edición:

© Adrián Henríquez, 2018

© Diseño de portada y maquetación: Alden Ruíz

ISBN-9781980792611

Sello: Independently published

Impreso en Estados Unidos de América.

ALIANZAS

ADRIÁN HENRÍQUEZ

para Lea

SOBRE LOS CAMPOS DE CONCENTRACIÓN SOVIÉTICOS:

Cada campo tenía diferentes horrores para personas de distintos temperamentos. En Alemania, uno podía morir debido a la crueldad; en Rusia, debido a la desesperación. En Auschwitz uno podía morir en una cámara de gas, en Kolimá uno podía congelarse hasta morir en la nieve. Se podía morir en un bosque alemán o en la estepa siberiana, o se podía morir en un accidente en la mina o en un tren de ganado. Al final, la historia de cada vida es única.

ANNE APPLEBAUM
GULAG
HISTORIA DE LOS CAMPOS DE CONCENTRACIÓN SOVIÉTICOS.

LA TIERRA DE LA MUERTE BLANCA
KOLIMÁ, NORTE DE SIBERIA 1952

Una ráfaga de viento gélido opacó los gritos del prisionero.

Dentro del *Shizo* (celda de castigo soviética), las paredes y el piso estaban cubiertos por una fina capa de hielo negruzco. Afuera la temperatura bajaba de los cincuenta grados, convirtiendo la prisión en el lugar más seguro para mantener a los enemigos del estado. Nadie en su sano juicio se atrevería escapar.

Tres guardias le sujetaron las manos a la víctima, mientras que un cuarto le cruzó las piernas por debajo de la banqueta de tortura, exponiendo así sus partes íntimas. De repente, la puerta se abrió, un hombre entró en la pequeña habitación seguido por una brisa que rugió entre las paredes. La tormenta de nieve había llegado a su punto extremo..., *la hora de la Muerte Blanca,* llamada así por los prisioneros. Quien intentara salir de las barracas podría perderse a solo unos metros de su lugar de origen, y permanecería congelado hasta que transcurrieran unas doce horas al menos. El recién llegado se quitó la capucha y los guantes, siempre de espaldas al prisionero, pero al voltearse y exponer su rostro, la pobre victima comenzó a gritar y pedir clemencia.

— ¡Niet...! ¡Niet...! —Gritó el prisionero—. ¡No lo volveré a hacer! ¡Trabajaremos más! ¡Viva la Madre Patria, viva la Revolución...! ¡Viva Stalin!

Todos en la pequeña celda soltaron una carcajada.

Nikita Sokolov, con solo veinte años de edad,

era el Director General de uno de los campos de concentración soviéticos de Kolimá.

Ubicado en el extremo norte de Siberia, Kolimá era considerado uno de los lugares más fríos del mundo y en el cual Stalin había puesto sus ojos debido a sus ricas minas de oro. Hacia ese remoto lugar enviaban todos los años a miles y miles de prisioneros que se oponían al sistema comunista, los que terminaban como esclavos en las minas.

Eduard Berzin fue el primer director de los campos de concentración en la zona, pero debido a su mano suave con los prisioneros, fue destituido del cargo en 1938 por órdenes del mismo Stalin. Desde entonces el campo de concentración de Kolimá fue considerado el más letal de todos los Gulags esparcidos por la Unión Soviética.

— ¿¡Niet!? —Rugió Sokolov—. O sea, sabes qué hiciste algo mal y ahora pides clemencia. Tienes idea de lo que tu huelga le ha causado a tu país, escoria, gusano capitalista.

El hombre se retorció entre los brazos de sus captores, pero estos lo sujetaron aún con más firmeza.

—Nosotros solo queríamos zapatos —suplicó el prisionero—, más de la mitad de mi cuadrilla han perdido los dedos de los pies por congelación. Cuatro de ellos tiene gangrena…

—Y por eso hicieron una huelga, para reclamar zapatos ¿Acaso creen que se los íbamos a dar? ¿Realmente creen que nos importa lo que les pase a unos traidores como ustedes?

Otra fuerte ráfaga de viento y nieve se estrelló

contra la puerta, recordándole a Sokolov el vendaval.

—No tengo tiempo que perder con una escoria capitalista como tú... debiste haber pensado mejor las cosas antes de convertirte en un espía imperialista, por eso es que terminaste aquí, por burgués... los que son como tú solo le buscan peros al trabajo, así retrasan la producción de los demás.

El prisionero se quedó sin palabras, no existía una lógica para poder explicar la situación en la que se encontraba. Recordó aquella noche en Lituania, su antiguo país, cuando los camiones del Ejército Rojo se detuvieron frente a su casa y lo arrestaron a él y a su familia, simplemente por ser profesor de Historia Universal.

Fueron montados en trenes para cargar ganado y enviados al norte de Siberia. Lo separaron de su esposa y sus dos hijos, aún así continuaba aferrado a la idea de que, quizás, su familia permanecería con vida.

—Bájenle los pantalones.

El desdichado comprendió lo que se le venía encima. Mientras se retorcía como una fiera acorralada, la desnutrición y la falta de energías hicieron que sus captores lo sometieran con facilidad. En menos de un minuto le habían retirado los pantalones. Nikita Sokolov se sacó del bolsillo un finísimo termómetro clínico de cristal y comenzó a untarle una capa de aceite.

Con ágiles movimientos, signo de una vasta experiencia acumulada, sujetó entre sus desnudas manos el pene de su víctima, quien miraba horrorizado la operación.

—Preparado...

— ¡Niet...! Niet... por favor... yo...

Sin más preámbulo Sokolov se sentó en el extremo del banco de tortura, he introdujo el termómetro perfectamente lubricado por la uretra. Los gritos del prisionero estremecieron las paredes, pero sin conmover a sus captores, acostumbrados a ese tipo de escenas.

—Si sobrevives —comenzó a decirle tranquilamente Nikita mientras se sacaba de otro bolsillo una pequeña porra—, quiero que recuerdes lo que fui capaz de hacerte, lo que sería capaz de hacerle al resto de tu cuadrilla.

—Por favor, no lo hagas... te prometo, te juro...

La mano de Sokolov se elevó rápidamente en el aire, y la dejó caer sin más, asestando el golpe con la porra. El termómetro que estaba dentro explotó en mil fragmentos de cristal... Unos ataques de espasmos sacudieron al prisionero, y ni los cuatro hombres que lo sujetaban pudieron controlar sus convulsiones. Cuando le soltaron finalmente las manos y las piernas, la víctima cayó al piso consumido por vómitos y estertores aún más violentos. Alrededor de su ingle empezó a encharcarse sangre y orine.

—Déjenlo ahí hasta por la mañana. Si cuando regresen no ha muerto, llévenlo a la enfermería para que lo amputen.

Justo antes de salir del *Shizo,* los ojos de Nikita se encontraron con los del prisionero, este tuvo unos segundos de conciencia, los suficientes para ver como su torturador le sonreía benévolamente, entonces recordó por qué los demás prisioneros lo llamaban *el Hombre Termómetro...*

ADRIÁN HENRÍQUEZ

QASSAM

Nikita Sokolov se sirvió un segundo trago de Vodka. Inclinó la cabeza hacia un lado y miró indeciso el líquido cristalino durante varios segundos hasta que tomó la decisión. Arqueó la cabeza hacia atrás y con un rápido gesto se zampó el trago.

— ¡Ah...! —gruñó de dolor y satisfacción mientras el Vodka bajaba por su garganta.

Al instante sintió como el fuego abrazador le subía por las paredes del estómago, el vómito amargo no se hizo esperar. A toda prisa se acercó al lavamanos, donde escupió saliva, jugos gástricos y sangre.

—De qué te sorprendes, ya te lo habían advertido —se dijo a sí mismo.

Su médico personal le prohibió las bebidas alcohólicas debido a su úlcera duodenal. Pero el ex coronel no dejaría de darse los pocos gustos personales que realmente lo hacían feliz. Por eso, tras el trago de alcohol se sirvió un vaso de leche. La leche fría era lo único capaz de aliviarle los retortijones de estómago.

Con la copa en la mano caminó hasta el cristal polarizado que daba a la piscina de su mansión.

Su mansión (o más bien su castillo moderno), gozaba de muchos lujos, todos los que suelen poseer los multimillonarios excéntricos en sus chalets: cocheras con autos de ediciones limitadas, una cava de vinos exclusivos con capacidad para cinco mil botellas, varias caballerizas con potros importados de la mismísima Arabia Saudita, y un pequeño ejército de galgos con los que acostumbraba a salir de caza los fines de semana. Aunque ninguno de esos lujos lo satisfacía tanto como su piscina.

Sin dudas aquella piscina era única, y no precisamente por su diseño, sino por quienes estaban obligados a frecuentarla.

El excoronel diseñó su propia piscina en forma de T, con dos yacusis a cada lado y capacidad para unas diez personas, todo bajo techo y climatizado. La T de aguas vaporosas quedaba justo frente a un espejo, y tras este, Sokolov solía acomodarse para apreciar el espectáculo. La *habitación del placer,* como el mismo solía llamarla, se trataba de un despacho con un gigantesco espejo como los usados en las habitaciones de interrogación, en donde los acusados solo ven su propia imagen, aunque están conscientes de que alguien los está observando desde el otro lado.

Nikita se bebió el vaso de leche, después se sirvió una tercera copa de Vodka. Frente al espejo observó cómo varios jóvenes jugaban en la piscina. Eran seis, todos desnudos, ninguno sobrepasaba los dieciocho años.

A Nikita le gustaban los chicos, los escogía así pues prefería sodomizarlos a esa edad. No es que no le gustaran las chicas (violarse a una mujer tenía sus emociones, pero nada como a un hombre). Esa adicción por los chicos la adquirió cuando lo pusieron al frente de un campamento de presos políticos en la desaparecida Unión Soviética (los temidos campos Gulags).

Que hermosa época, sonrió nostálgicamente al recordar esos tiempos que no regresarían.

En los Gulags fue donde realmente el capitán Sokolov (ese era su grado por aquel entonces), aprendió lo que era la sumisión absoluta de un ser humano, desde ese instante jamás volvería a experimentar otra sensación más placentera que aquella.

Absorto en sus memorias miró inconscientemente hacia una de los cuadros que colgaban de las paredes. Una foto en perfecto estado de conservación mostraba al joven Nikita junto a su mentor, el temido Lavrenty Beria, director general del NKVD. Todo lo que fue capaz de lograr en su vida se lo debía a aquel hombre, quien fuera su amigo, su hermano y su maestro. A través de él, logró obtener el preciado cargo de director general de Kolimá.

Beria fue mucho más que su maestro, fue un gran amigo. Lo había instruido en el arte universal de la tortura, en cómo convertir el dolor ajeno en algo más que una simple herramienta para sacar información; el dolor y el sufrimiento podían convertirse en una fuente de excitación, incluso hasta orgásmica.

Meditando sobre ello recordó que jamás pudo mirarse a sí mismo como un enfermo mental, como un depravado, no... lo que realmente sentía era la sensación de ser un elegido, una persona escogida entre millones con la capacidad y fuerza de voluntad para guiar a miles y miles de prisioneros, como si estos fueran simplemente cabezas de ganado. Jamás se permitió el lujo de intentar engañar a su conciencia, simplemente porque no podía negar el éxtasis que le producía el mirar a otro semejante; y con esa simple mirada hacerlo llorar, incluso que se defecara encima.

—Disculpe, coronel —la voz de uno de sus

guardias lo hizo retornar a la realidad—, las noticias van a comenzar. Ya todo el grupo está reunido.

Sokolov asintió y miró por última vez hacia la piscina.

Ya habrá tiempo, muchachos, no empiecen sin mí.

***

Cuando entró en la sala de reuniones, ya tres de los líderes de la OLP (Organización para la Liberación de Palestina) estaban sentados frente a una gigantesca pantalla LCD. Los tres hombres lo saludaron con un gesto, sin apartar los ojos de la pantalla. Nikita les devolvió el saludo con una simple inclinación de cabeza mientras caminaba hasta su sillón preferido. Se sentó a esperar el comienzo de las noticias con un trago en la mano.

Durante unos leves segundos, analizó a sus tres invitados. El líder del grupo, pequeño y rollizo, era uno de esos que aborrecía que alguien le llevara la contraria, aunque carecía de fuerza de voluntad para enfrentarse a hombres como él... *este imbécil no será ningún problema.*

Quien realmente parecía ser un problema era el económico del grupo, "El Contador", el único que no hablaba sin antes pensar bien lo que iba a decir, y si el asunto no tenía real importancia, entonces prefería callar. Por último, estaba el estratega militar, sin embargo ese iba a ser el más fácil. Como a todos los militares, solo le interesaban las armas y la manera de adquirirlas sin tener que pagar demasiado por ellas.

La espera por las noticias fue corta.

Una presentadora de la CNN apareció en la pantalla, a la derecha, con pequeñas letras rojas se leía el cartel *EN VIVO DESDE ISRAEL*. La joven periodista parecía como acabada de salir de una gigantesca multitud, a juzgar por su apariencia desaliñada.

—Hace apenas una hora que dos cohetes Qassam impactaron en la ciudad de Beer Sheva, capital del Distrito Sur de Israel —la periodista hizo una pausa para que el camarógrafo enfocara las imágenes a su espalda—. Hasta el momento se han reportado nueve víctimas fatales y una treintena de personas han resultado heridas, aunque en las próximas horas el número de lesionados pudiera aumentar...

Rodeada por una multitud, la periodista hacía lo imposible para continuar enfocada en la noticia. A su espalda, a solo varios metros de su posición, heridos y muertos eran sacados de los escombros por oficiales y voluntarios. El caos, los gritos y el sonido de las ambulancias ambientaban el trasfondo de la escena bélica.

—...desde el primer impacto... —la periodista se llevó los dedos al oído para poder escuchar mejor la notica que acababan de reportarle—... varias fuentes oficiales acaban de confirmar que la OLP acaba de adjudicarse los ataques como protesta contra las ocupaciones del ejército israelí, quienes la semana pasada realizó varias incursiones militares sobre la Franja de Gaza...

La voz de la periodista quedó opacada en el acto por los gritos de alegría y las palmadas que los tres reunidos allí comenzaron a darse para festejar la noticia.

— ¡Esto es una victoria que debemos celebrar por todo lo alto! —Gritó el líder del grupo—. ¡Un brindis por la OLP!

— ¡Por la OLP! —gritaron los reunidos en la sala.

Nikita sonrió satisfecho y levantó su copa, la periodista acababa de ahorrarle una buena parte de su trabajo, pero aún faltaba el cierre final.

Muy bien, pongámonos a trabajar.

Sokolov apagó la pantalla, luego miró fijamente a cada uno de los presentes, estos poco a poco fueron bajando sus cabezas mientras asentían en señal de aprobación.

Percibiendo a su espalda el peso de las miradas de sus tres invitados, se dirigió hasta el minibar ubicado en una esquina de la habitación, cerca de la chimenea. Mientras caminaba, el excoronel de la KGB se sintió como un león en la sabana africana, mientras arrastra el cuerpo de un antílope. A sus espaldas, una manada de hienas lo seguía con cautela, sin atreverse a acercarse demasiado. Las hienas simplemente iban a esperar a que terminara con su banquete, para luego alimentarse de las sobras.

***

Tras preparar personalmente y repartir los tres tragos, se sirvió una copa de Vodka.

—Creo que el éxito de los cohetes Qassam está más que verificado —dijo para retomar la conversación.

—Tenía usted razón —afirmó el líder del grupo, sus dos compañeros asintieron. Sokolov miró a estos últimos detenidamente—. Los israelitas no pudieron interceptarlo.

—Mientras más primitivos sean los cohetes, más difíciles se les hará...

—Eventualmente —le interrumpió el Contador—. Todos sabemos que Israel está a punto de poner en funcionamiento el Iron Dome.

Nikita asintió, mas no dijo una sola palabra.

El Iron Dome (La Cúpula de Hierro), sería un sistema antimisiles diseñado para destruir cualquier amenaza de bombardeo sobre la población israelita. Su mayor logro sería el poder interceptar varios misiles a la vez en un radio de cuatro a setenta millas.

—El Iron Dome funcionará con plataformas móviles repletas de misiles interceptores Tamir —el tono de voz de Nikita fue calmado, como si les estuviera explicando algo que era evidente que ellos supieran, pero que se escucharía un poco brusco si se los señalaba directamente—. ¿Saben cuánto cuesta un misil Tamir?

—Entre treinta y cinco y cincuenta mil dólares —se apresuró a decir el económico—, aunque el precio podría variar.

—Bien... pues la fabricación y ensamblaje de un cohete Qassam solo me cuesta de ochocientos a mil dólares —le respondió tranquilamente el excoronel.

El líder del grupo asintió, sin dudas Sokolov comprendió que los números se estaban amontonando en su cabeza. Incluso, aunque los israelitas interceptaran más del noventa por ciento de los cohetes, significaría un golpe fortísimo para el presupuesto militar del país.

23

—Todo eso lo entendemos —comenzó a decir el líder, quien ya se estaba cansando de andarse por las ramas—, pero lo que no acabamos de entender es por qué nos invitó a su mansión, ¿dónde está su ganancia en este negocio?

Por fin haces la pregunta correcta, imbécil.

—Quiero ser el único abastecedor militar de la OLP... —por un instante nadie se atrevió a moverse, sorprendidos por la propuesta, Nikita continuó—: quiero que saquen de su lista de suministradores a los sirios y a los griegos, pero sobre todo a los turcos.

Tanto el líder como sus dos colegas quedaron sorprendidos por la cantidad de información que manejaba el coronel. No solamente sabía quiénes eran los suministradores principales de la OLP, sino quién era el principal. Negarlo sería ponerse en una situación muy peligrosa. El líder, el económico y el estratega se miraron. El miedo se reflejó en sus miradas al recorrer la habitación y ver que más de seis guardias custodiaban las puertas de salida.

—Esa decisión no la podemos tomar solo nosotros tres... —intentó ganar tiempo el económico.

Sokolov no perdió la paciencia, más bien les sonrió benévolo.

Intentó enfocarse en sus próximas palabras, al final, lo más importante estaba en sacar a los turcos del pastel. Sus negocios con la mafia turca estaban enfocados en el mercado sexual. El viejo imperio otomano se hallaba entre los países con más esclavas sexuales del mundo —chicas secuestradas desde Kazajistán y Tailandia eran enviadas a los prostíbulos de la capital turca mensualmente—. Más del setenta por ciento de esa red se mantenía financiada y dirigida por los hombres de Sokolov.

Que los turcos comenzaran a abrirse paso en el mercado armamentístico no era bueno para el negocio, en especial para Nikita quien, como todo buen exagente soviético, odiaba la competencia.

—Hasta el momento sus abastecedores solo les venden armas, ¿correcto?

Nadie respondió.

—Lo tomaré como un sí —les dijo—, yo les propongo un negocio a gran escala. Armas, soportes tecnológicos, mercenarios, ingenieros en fabricación de explosivos y, sobre todo, información, recuerden que la información es la mejor arma que se puede vender en esta era tecnológica.

Sokolov tomó el control remoto y prendió la pantalla. La periodista continuaba con su narración del desastre. A sus espaldas sintió el murmullo de los tres hombres. Ninguno se atrevería a tomar la iniciativa, aunque la muerte por un solo ataque de nueve civiles israelitas, influiría en su decisión.

—No tienen que darme una respuesta ahora, descansen, para eso son mis invitados. —Con un gesto les indicó la puerta—. Vayan a sus habitaciones, allí les tengo algunas sorpresas; yo me ausentaré por un momento, deseo darme un baño en mi piscina.

El excoronel sonrió satisfecho al observar como los tres hombres se apresuraban en terminar sus tragos para salir de la habitación. Si algo había aprendido bien durante tantos años de intimidación, fue a leer los pensamientos en los rostros de sus interlocutores. Aquel trío no abandonaría su mansión sin antes cerrar el trato.

Es mejor aliarse a un solo vecino más fuerte, que a muchos vecinos débiles.

CAPÍTULO 1
PIEZAS SOBRE EL TABLERO

Seis años después, hotel Dream Tower
Alemania

El Dream Tower no era el mejor hotel de la ciudad aun cuando fuera visitado por millonarios y figuras internacionales, su verdadero éxito se debía al excelente servicio de sus trabajadores, quienes eran controlados con una disciplina militar por Steven Mcgregor —dueño y huésped permanente del hotel.

A diferencia de otros hoteles, el Dream Tower se especializaba en ofrecer privacidad absoluta a sus huéspedes. Por ello contaba con un ejército de guardias de seguridad y escuadrones de expertos en computación que impedían la entrada de cualquier paparazzi u otro medio que pudiera filtrar la información de sus visitantes a las redes sociales.

***

A Klaus le tocó esa noche el turno de recepción de huéspedes, un trabajo que todos detestaban. No contaba con las comodidades del lobby (permanecer tras el mostrador recibiendo buenas propinas, era solo un privilegio para los veteranos del hotel. En las pocas ocasiones que tuvo la oportunidad, fue para cubrir alguna vacante por enfermedad).

Cargamaletas, ni modo, no me queda de otra.

Tampoco es que fuera un trabajo tan malo. Para sincerarse consigo mismo, realmente la posición no le importaba mucho (todo lo contrario), recibir y cargarles las maletas a los huéspedes dejaba buena propina, aunque nunca comparable con la sección del lobby.

—Klaus, —le llamó el recepcionista a través del radiotransmisor que colgaba enrollado tras su oreja—, a la puerta principal en dos minutos.

— ¿Quién llega?

—Un cliente especial, nada de comentarios ni saludos, solo limítese a cargarle su única maleta.

Un egocéntrico.

Los clientes súper reservados siempre eran los que mejor propina daban, quizás como mecanismo para pasar inadvertidos, al enfocarse uno en los billetes de tal manera que sus rostros quedaran borrados de la mente de quienes los atendían.

Justo cuando Klaus llegó al pasillo principal, un Audi SUV se detuvo a la entrada. Antes de acercarse al vehículo, por regla de seguridad y privacidad, Klaus esperó que abrieran la puerta del auto solo unas pulgadas, para después terminar de abrirla él.

¡Dios bendito!

Del auto se bajó con suma rapidez y gracia una modelo de revistas playboy... o tal vez un ser más provocativo.

Ni la mires ni te desenfoques. ¡A trabajar!

Automáticamente la chica se dirigió a la puerta sin dedicarle ni una simple mirada (como si él no existiera). Klaus se apresuró en sacar de la cajuela una pequeña valija. Saludó al chofer del Audi con un simple gesto y prácticamente corrió hacia el interior del hotel, donde la puerta del elevador ya esperaba abierta.

La modelo cruzó el lobby —a esa hora estaba desierto—, y el personal solo se atrevió a observarla de soslayo, nadie levantó la cabeza para mirarla directamente. Mientras caminaba delante de Klaus, este no pudo evitar mírale la espalda a la joven.

Enfócate imbécil... no le mires las nalgas... ¡Dios, qué nalgas!

Trigueña y con ese color de piel hermosísimo propio de las mujeres del oriente: italiana, griega... o iraní..., la "modelo", a quien Klaus mentalmente ya la llamaba así, cubría parte de su cuerpo con un vestido cortísimo y excesivamente ajustado, lo cual no le dejaba mucho espacio a su imaginación.

No ha de llevar ropa interior... de lo contrario se le marcaría.

Klaus estaba acostumbrado a liar con modelos de revistas, con actrices, y hasta con alguna que otra estrella porno visitando a sus amantes. Por lo general estos "amantes" siempre eran EVVM (*Excéntricos Vegetarianos Vejestorios Multimillonarios*).

Pero la manera de desplazarse de aquella chica demostraba que no era una simple estrella de revistas, quizás una dama de compañía, una de esas que cobraban solo por una noche el equivalente a su salario de un año, o quizás hasta el doble.

La joven entró al elevador y marcó ella misma el piso 80, reservado solo para clientes exclusivos. Hasta el momento, Klaus solamente le había visto la espalda, ya que no se había atrevido a mirarla al rostro. Solo se percató que unas gafas Christian Dior ocultaban sus ojos... y el tatuaje.

Por mucho que Klaus intentó no levantar la mirada del piso, no pudo evitar examinarle por unos segundos el pómulo de la oreja. A pesar de que la barrilla de las gafas tapaba parte del tatuaje, Klaus advirtió que se trataban de cuatro círculos entrelazados. Cada círculo tenía algo que sobresalía... La puerta se abrió y la "modelo" dobló hacia la derecha.

Ha de saberse el camino de memoria.

En ese instante, de la habitación número 318 salió un camarero empujando un carrito de servicio. La joven se dirigió a la habitación; pasó junto al camarero. Fue algo imperceptible, en otro lugar y otro momento, diríase un *deja-vú*, Klaus juró que su imaginación le había jugado una mala pasada. Pero no allí y en ese hotel. El camarero, al pasar junto a la joven, le había hecho un gesto, como si todo estuviera arreglado... limpio... ¿despejado?, esa fue la palabra correcta que cruzó por su mente. La chica sacó de su pequeño bolso una tarjeta magnética, la pasó por el cierre de la puerta e introdujo la contraseña. La puerta hizo un bip y se abrió hacia adentro. Sin atreverse a mirar al interior, Klaus vio como la "modelo" le entregaba un billete de cien euros y sin decir una sola palabra ella misma se hizo cargo de la maleta.

Un instante después la puerta se cerró en su cara.

La habitación en la que la "modelo" acababa de entrar costaba aproximadamente diez mil euros la noche, Klaus sintió cierta nostalgia, sabía que nunca podría pagarse semejante lujo. Suspiró con el billete en la mano y se resignó a su vida simple, fue entonces cuando recordó qué era con exactitud ese tatuaje.

— ¡Oh! Vaya con la modelo —murmuró.

Los círculos no eran más que los signos internacionales de la mujer y el hombre, Klaus recordó que en alguna clase había aprendido que el círculo de la flecha se refería al dios Ares, y representaba precisamente eso, lo masculino. Mientras que el otro, el que tenía una cruz significaba un espejo, en honor a la diosa Afrodita. Ambos signos entrelazados eran sinónimo de heterosexualidad (esa parte no la olvidó porque uno de sus amigos tenía un tatuaje similar), dos espejos entrelazados significaban lesbianismo; dos círculos con flechas, homosexualidad.

¿Entonces, qué mierda significan cuatro signos entrelazados, dos flechas y dos espejos? ¿Una orgía? ¿Mente abierta para todas las opciones?

Mientras regresaba al elevador con una risa irónica en su rostro, se percató de dónde estaba. Miró hacia el final del pasillo, donde sabía que justo a la derecha habría un guardaespaldas cuidando la habitación 400, la *penthouse* del hotel. La casa-apartamento de Steven Mcgregor.

***

Cuando Kelly vio entrar a Rachel con su vestido corto y sus gafas Christian Dior, supo que todo iría bien.

No caminó, prácticamente corrió hasta la joven.

El beso fue inminente, fuerte, cargado de furia y deseo.

31

— ¿Por qué demonios te demoraste tanto? —le exigió Kelly en cuanto pudo apartar los labios.

—Porque no tengo un Jet. Tuve que rentar dos vuelos privados para llegar hasta aquí. —Se defendió Rachel—. Además, me habías dicho que tu jefe iba a necesitarte por todo el fin de semana.

— ¡Oh, Rachel! ¿Cómo te explico por todo lo que he pasado? —Los ojos de Kelly se llenaron de lágrimas—. John Kruger está muerto.

Rachel quedó paralizada, intentó asimilar la información, pero sin atreverse a formular preguntas sin sentido. Esperó que fuera Kelly quien comenzara a desahogarse.

—Lo asesinaron esta mañana, su cuerpo no apareció, solo hallaron fragmentos de su cerebro en su limusina. —Una mueca de repulsión se dibujó en el rostro de Kelly—. La HSI abrió un caso de búsqueda para todos los links que se hayan escapado a través de Kruger. ¿Sabes lo que eso significa?

Rachel pasó las manos por el rostro de Kelly y le limpió las lágrimas. Después la besó tiernamente mordisqueándole el labio superior como a ella le gustaba; el beso fue suave y posesivo, como para asegurarle que todo estaría bien, que ella estaba allí precisamente para protegerla. Por su parte Kelly no pudo evitar comenzar a excitarse con los besos de Rachel. Tenía mucha información que suministrarle (tantas que le hacía temblar las manos), pero no podría hacerlo hasta que apagara el fuego que se había desperdigado por todo su cuerpo.

—Vamos a la ducha —la invitó, aunque su voz se

quebró por el deseo y las palabras sonaron más a súplica que a invitación.

Rachel levantó una ceja, con un gesto sexy y provocador.

—Pensé que nunca me lo ibas a pedir.

***

A solo una cuadra de distancia del Dream Tower, dentro de un Volvo oculto en un callejón, dos agentes del Mossad habían escuchado la conversación de las dos mujeres. El agente al mando tomó su teléfono satelital y marcó directamente al centro de operaciones.

—La Medusa ya está adentro —una leve pausa en la línea y al instante se escuchó la confirmación de que todo marchaba en orden—. Nuestro hombre acaba de confirmarnos que la habitación ya está despejada.

Después de colgar, ambos agentes retornaron a escuchar los sonidos provenientes de los micrófonos instalados dentro de la habitación. De momento solo se escuchaban risas y gemidos, provenientes de la ducha.

***

—Eco Uno en posición —dijo el francotirador.

—Recibido, confirme objetivos.

De los mejores rifles para francotiradores que existían en el mundo, Eco Uno escogió un Barrett M107. Aquella monstruosa bazuca con mira telescópica y precisión milimétrica nunca pasaría de moda. Desde que le informaron que su misión sería eliminar a dos agentes israelitas (posiblemente espías del Mossad), Eco Uno supo que no podía permitirse errores. Por eso prefirió un M107 calibre .50, equipado con una mira telescópica diurna/nocturna AN/PVS-10, "la artillería ligera", como bautizaron los marines americanos a la monstruosa arma.

Eco Uno no iba a darse el lujo de cometer un simple error, por ejemplo, el de permitir que alguno de sus blancos solo resultara herido. Precisamente, porque eran israelitas es que estaba tomando todas las precauciones.

El Mossad nunca escatimaba en gastos a la hora de proteger a sus espías. Por esa razón, mientras observaba a través de la mira, se convenció de que el Volvo en el que se encontraba la pareja debía de tener láminas de cerámica balística por todas las puertas, y vidrios blindados nivel 5 u 8.

—Objetivos en la mira, espero órdenes.

CAPÍTULO 2
LUZ VERDE

A las afueras del Dream Tower

Alemania

Dentro de la furgoneta, todos esperaban las órdenes de Abner.

El exguardaespaldas de John Kruger fue enviado a esa misión precisamente como prueba de su valía. Subir de rango dentro de la organización de Nikita Sokolov se ganaba de una sola manera: demostrando su eficiencia en este tipo de operación, y Abner estaba totalmente de acuerdo. Aunque tenía sus reservas con respecto a esta misión.

Capturar o eliminar a algún espía no era ningún problema; pero capturar mujeres...

Abner no tenía conciencia (en el negocio del espionaje internacional ese término no existía) — no es que fuera un psicópata—, mas lo que se dice "conciencia", era propio de mentes endebles, de soldados sin un buen entrenamiento, cuestión que a él le sobraba. Para él, entre tenerle que pegarle un disparo a un niño o a una mujer, prefería al niño. El niño estaba obligado por la naturaleza a crecer, luego tal vez podría convertirse en un político, soldado, o un asesino. A la mujer primero la violaría y después le pegaría el tiro. Si en algún rincón de su adiestrado cerebro surgía la breve sombra de la conciencia, simplemente aplicaba la misma ecuación: nadie era capaz de montar semejante operación para capturar

35

a una mujer inocente; no, eso no sucedía en el mundo real. No. Las mujeres dentro de aquella habitación siempre eran prostitutas, espías o amantes de algún pez gordo con un solo objetivo, sacarle dinero o información, lo cual las convertía simplemente en putas espías.

Desde su punto de vista, no había diferencias.

Y ese constituía el punto que más le molestaba de la operación en particular. Un hombre como él, con sus habilidades y conocimientos, estaba siendo desaprovechado en trabajos de poca monta.

—Estamos listos —dijo una voz a su espalda.

Abner observó a su segundo hombre al mando, un exmercenario de Kosovo a quien apodaban Blackbeard, de seguro por la montaña de pelos negros que le caía sobre el pecho desde sus patillas.

En total, eran seis comandos, incluyendo a Abner, todos vestidos con los uniformes de los trabajadores del Dream Tower. Bajo la camisa llevaban chalecos Kevlar, un cinturón equipado con granadas de humo y aturdidoras. Cada uno seleccionó a su gusto una pistola personal, pero en lo que todos coincidieron fue en la elección del rifle de asalto, un MP7 con silenciador incorporado —la subametralladora preferida de Abner.

—Extracción a Eco Uno, proceda.

Abner miró a sus hombres.

—Recuerden, el jefe quiere a las dos mujeres vivas. Bajo ningún concepto les pueden tocar ni un cabello.

El resto del comando asintió.

Los métodos conque Sokolov sometía a las mujeres en sus salas de torturas eran reconocidos internacionalmente, ni el mismísimo Calígula hubiera sido capaz de crear técnicas más persuasivas.

***

El francotirador respiró profundo hasta lograr que su ritmo cardiaco se estabilizara, fue entonces cuando entre latido y latido efectuó el primer disparo.

Desde su posición, a más de cuatrocientos metros por encima del Volvo, el M107 estalló como un cañón; el eco debió escucharse a kilómetros de distancia, aunque quizás quedó opacado hasta cierto punto por los ruidos de una ciudad que nunca dormía. El proyectil calibre .50 impactó contra el cristal del Volvo atravesándolo sin dificultad para seguir su trayectoria hasta su objetivo.

Aún el casquillo no había tocado el piso cuando efectuó el segundo disparo.

A través de la mira telescópica, observó como el cuerpo situado en el asiento del chofer se pulverizaba, literalmente, lanzando pedazos de huesos, sangre, órganos y pulpa de carne contra los cristales. El segundo objetivo no tuvo tiempo de reaccionar. El disparo penetró en su pecho desapareciéndole su caja torácica.

Eco Uno respiró profundamente.

—Eco Uno a Extracción, objetivos eliminados.

—Afirmativo, que comience el show.

***

Sobre la azotea del Dream Tower, ocultos por las sombras de la noche, los tres comandos preparaban sus sistemas de cuerdas para lanzarse al vacío.

Alfa, Omega y Orión, los mercenarios de la HSI, se miraron unos a otros.

— ¿Escucharon eso?

—No, no escuché nada.

—Sí, para mí fueron dos disparos de un rifle de largo alcance.

Omega intentó concentrarse mejor en los tantos sonidos que provenían desde todos los rincones de la ciudad, una discordancia de ecos que hacía muy difícil distinguir un sonido en específico.

—A la mierda con esto, terminemos cuanto antes —dijo el Alfa, quien acababa de asegurar su cuerda a uno de los postes.

El comando pretendía lanzarse desde la azotea con el objetivo de penetrar por las ventanas de la habitación 318 y sorprender a las dos mujeres antes de que pudieran transferir la información. De una manera u otra, el propósito era capturarlas y recuperar los archivos que una de ellas había robado de la laptop de su jefe.

Caminaron hacia el borde de la azotea. Cada uno iba equipado con un chaleco arnés táctico para operaciones de infiltración y extracción. Rodilleras, coderas, hombreras y gafas especiales los protegerían del impacto contra el cristal por el que pretendían entrar. Como rifle de asalto escogieron H&K G36C, considerada una de las mejores armas del mundo para actuar en espacios cerrados.

***

Abner estaba consciente de que en el factor tiempo estaba la clave del éxito.

Quien fuera la mujer encargada de recibir la información robada por Kelly, debía de ser algún pez gordo del Mossad, de lo contrario no andaría con su propia escolta. El hecho de tener a dos hombres en un auto a las afueras del hotel, listos para entrar en combate de ser necesario, solo significaba que dentro del hotel contaba con una segunda escolta. Por eso prefirió cortar hasta la más mínima posibilidad de escape.

El comando entró por una de las puertas de la cocina, una vez dentro comenzaron a separarse para no llamar la atención. Gracias a sus uniformes y sus falsas tarjetas de identificación fueron mezclándose con los cientos de trabajadores que se movían por el inmueble como hormigas. Tres de ellos tomaron el elevador principal, los demás, la escalera de emergencia.

Abner estudió las únicas dos vías de evasión con que contaban las mujeres, bien a través del elevador, bien las escaleras de emergencia; por una de ellas un escolta mantendría la ruta abierta por si acaso.

—Equipo Uno, elevador despejado.

—Perfecto, nos encontramos en las escaleras —le respondió Abner a Blackbeard.

Ambos grupos abrieron las puertas de las escaleras de emergencias al unísono, cubriendo así la entrada y la salida.

***

Vestido de camarero y oculto en las escaleras mientras aparentaba estar fumando, el escolta de la Medusa presintió que algo no andaba bien. Desde abajo escuchó los pasos que se aproximaban. Las probabilidades de una emboscada siempre estaban sobre la mesa, pero no lo creyó posible, aunque no le pagan para creer en posibilidades. De cualquier manera, había dejado una minicámara instalada en un piso por debajo de él.

Encendió el móvil y observó en la pantalla táctil a tres hombres que se aproximaban. Iban vestidos de camareros, pero notó algo extraño en sus movimientos. No, no eran simples camareros, no podían engañarlo. Aquellos hombres eran militares.

¡Es una maldita emboscada!

Como para confirmar sus sospechas, los tres supuestos "camareros" se descubrieron, sacadas de entre sus ropas, pequeñas subametralladoras.

Tengo que alertar a la Medusa.

— ¿Qué mierda está pasando? —el agente comprendió al instante que quienes fueran los miembros de aquel comando debieron de haber eliminado con antelación al primer grupo de apoyo.

Automáticamente sacó su pistola mientras que con la otra mano marcaba el número de emergencia, y lo habría logrado de no ser por el segundo grupo que apareció justo por encima de las escaleras. La primera ráfaga impactó en su hombro, abdomen y un brazo… el celular voló por los aires escaleras abajo.

No se suponía que debía ser así, fue el único

pensamiento que cruzó por su mente en ese instante.

Frustrado, pero aún con energías para continuar luchando, descargó la mitad del cargador contra las escaleras de encima, así pudo detener al grupo por unos segundos. Su cuerpo rodó golpeándose contra los escalones hasta la base del pasillo que daba continuidad a la siguiente escalera. Desorientado buscó por todos lados hasta que por fin distinguió el celular al borde de un escalón, justo cuando logró tomarlo, sus dedos ensangrentados no lograron activar la pantalla táctil, desde su vista periférica observó a tres hombres apuntándole.

Varias luces naranjas lo deslumbraron, después todo fue oscuridad.

ADRIÁN HENRÍQUEZ

CAPÍTULO 3
LA PROMESA

Veracruz, México

¡Increíble pero cierto! Admitió para sí mismo Pedro Chiapas.

Desde su llegada la cubana no dejó de morder, patear o arañar a cuantos estuvieran cerca. Solo hacía una pequeña pausa para recuperar fuerzas y volvía a repetir la secuencia, no siempre en el mismo orden. Al cabo de cinco minutos de batalla intensa, cuatro de sus mejores hombres lograron inmovilizarla a la cama, amordazándola con esposas y cuerdas. Al terminar, cada uno de ellos tenía sendos surcos en la piel, como si les hubiesen pasado rastrillos calientes por los brazos y la cara (solo que las puntas del rastrillo eran los dedos de Irina).

Como ya no podía continuar arañando y pateando, pasó a la siguiente etapa —a Pedro no le cabían dudas de que aquella puta quería volverlo loco—; la mujer comenzó a gritar tan ruidosamente que él no creyó posible de que provinieran de un ser humano.

¡Le vale madres! Esta loca me quiere mandar para un manicomio, si no se calla le voy a tener que pegar un tiro.

Irina hizo otra pausa, solo para llenarse los pulmones de aire.

Le quitamos a su chavo, eso era lo único que la mantenía dócil en esta mierda de negocio. Ya de nada

43

sirven las amenazas y los golpes. Violarla no hará tampoco ninguna diferencia, ¿quizás cansarla un poco?, pero nada más.

Pedro había visto aquella reacción en otras ocasiones, *nunca termina bien... para ellas.*

Cuando las mujeres sometidas a violaciones y torturas se rebelaban de aquella manera, la mejor solución era meterle una bala entre los ojos. Una pérdida para el negocio. Irina estaba en esa lista. Ya no podían hacerle nada, ni el propio Serbio podría domarla.

—Busquen al matasanos —le ordenó a uno de sus hombres.

Cinco minutos después, el doctor entró en la habitación.

—Métele un zombi —el doctor no dijo una sola palabra, solo abrió su maletín y sacó una jeringuilla—, tampoco me la vayas a dejar en coma.

El doctor solo le respondió con un leve gruñido. Se acercó a la cama, donde Irina estaba completamente desnuda y amordazada. El doctor ni se inmutó, había visto aquel proceso cientos de veces. Desnudar y amarrar a una mujer u hombre a una cama tenía el efecto de volverlos sumisos al instante, una técnica infalible —hasta ese momento—, verse desnudos y amarrados desataba los miedos y penas de los más bravos. Para desgracia de todos, en esa ocasión lo que había en aquella cama más parecía una tigresa en celos que una mujer.

— ¡Hijo de puta! ¡Maricón de mierda! —le gritó la cubana al ver que el doctor se acercaba. Pedro observó la escena sin estar seguro a quién iban dirigidos los insultos, hasta que Irina fue un poquito más específica—. ¡Sí, tú mismo comepinga! ¿Acaso no eres el jefe? Mírame a la cara como un hombre, porque solo eres es un pendejo...

Pedro la miró directamente a los ojos, asombrado por cómo el vocabulario culto de aquella mujer había desaparecido para dar paso a los insultos que traducido al habla mexicana sería un: ¡chinga tu madre cabrón!

La aguja hipodérmica se clavó en el brazo de la mujer produciéndole un efecto inmediato. Sus fuerzas comenzaron a ceder, pero no el odio de su mirada.

— ¡Me cagó en tu madre, en tus hijos y en todos tus muertos! —*Si lo que esta puta quiere es provocarme, lo está logrando*—. ¡Eres... res... un pen... un pendejo, me oíste! Mírame a la cara, te lo juro... no será en esta vida... pero me las vas a pagar.

A pesar de que la lengua parecía pesarle una tonelada, la promesa le resulto muy real. Pedro era un hombre que creía en las promesas.

***

El coctel de químicos bautizado como *zombi* produjo al fin el efecto esperado. Aquella mezcla de relajantes musculares, narcóticos y a saber Dios qué más, hizo honor a su nombre. Sin dudas era uno de los mejores métodos para mover a mujeres o niños, o cualquiera que hubiera sido secuestrado sin necesidad de arrastrarlo a punta de pistola. Una vez que la droga entraba en el torrente sanguíneo, las personas se convertían en zombis. Caminaban sin rumbo y podían ser trasladados como ganado. A veces algunos trataban de morder, quizás por eso algún genio con humor negro lo bautizó con ese nombre.

Al fin se calló, suspiró relajado Pedro Chiapas.

***

Desde que entraron con el niño a la "clínica de belleza estética", Sodoma supo cuál iba a ser el final de Yotuel.

La clínica no era más que la tapadera de un negocio muy lucrativo. La venta de órganos se estaba haciendo cada día más rentable en Latinoamérica, sobre todo en México. Y teniendo un mercado insaciable como los europeos y los israelitas (estos últimos encabezaban las listas como líderes mundiales en el tráfico de órganos), pues eran capaces de pagar hasta cincuenta mil dólares por un riñón. A Sodoma no le habría sorprendido para nada que hubiese más de un niño dentro de la clínica.

Si pensaba en números y ganancias, por los riñones, hígado, pulmones y un corazón de un chico de seis años, la clínica fácilmente obtendría ganancias por unos cuantos millones de dólares (eso para salir rápido de la mercancía), lo cual indicaba que con ganancias como esas debían de contar con un buen equipo de seguridad.

Sodoma enroscó el silenciador a su Beretta.

Cuantos más guardias mejor. Aquel lugar lo enfermaba, necesitaba matar a alguien, y quién mejor que algunos de aquellos guardias.

CAPÍTULO 4
EL PRECIO DEL PLACER

Hotel Dream Tower

Alemania

La Medusa se permitió unos minutos para relajarse y meterse en el personaje.

Respiró hondo, dejando escapar el aire a intervalos de cuatro segundos. Lo más importante era lograr aislar su mente del cuerpo, para eso la habían entrenado, y era la mejor.

Soy la mejor... no es nada nuevo... puedes hacerlo... ya lo has hecho antes... simplemente concéntrate.

Las palabras zumbaron en su mente como una especie de mantra que cadenciosamente penetra cada parte de su ser, hasta lograr el efecto deseado. Miró a su alrededor y se fijó en el espejo, aún estaba opaco por la ducha caliente que ambas acababan de tomar. La Medusa tomó una toalla y le limpió la superficie, luego la dejó caer al suelo para pararse sobre ella. Con la tela húmeda se masajeó los pies.

Kelly fue la primera en salir del baño, como siempre. Debía hacer una llamada, según le dijo.

De solo imaginarse a la otra joven corriendo por la habitación, sonrió. Sabía que iba a prepararlo todo para su encuentro amoroso: las velas, los aceites aromatizantes, los lubricantes...

Dejó escapar un suspiro y miró otra vez su doble en el espejo.

Nunca es fácil... pero nadie te aseguró que lo sería.

Estaba completamente desnuda; de sus cabellos chorreaba el agua. Pudo haber usado el secador, pero con eso solo lograría postergar lo inevitable.

—Rachel, ¿vienes? —la voz de Kelly tembló al pronunciar su nombre.

La Medusa abrió la llave del lavamanos y movió la palanca hacia el indicador azul. Esperó que el chorro estuviera bien frío, entonces se humedeció los dedos y comenzó a friccionarse los senos.

Sus pezones ante el tacto de sus dedos casi congelados se irguieron automáticamente en señal de protesta. La idea era aparentar estar tan excitada como Kelly, y si su cuerpo era capaz de engañar a la otra chica, su mente también lo haría.

—Ya voy —le contestó.

Es tiempo de trabajar.

***

La habitación olía a jazmín —la fragancia preferida de Kelly—, desde varios rincones, velas de diferentes tamaños y colores creaban sombras contra las paredes, lo cual aumentó el erotismo de la escena. Kelly devoró con la vista cada movimiento de Rachel, se estaba excitando de solo ver como su pareja caminaba sumisa hacia las enormes columnas de madera que sostenían la cama.

Rachel puso junto a la lamparilla de noche sus dos lapiceros. La otra sonrió ante esa costumbre. Siempre que terminaban de hacer el amor, a Rachel le gustaba tener sus lapiceros a mano para comenzar a tomar notas de la información que ella le ofrecía.

Al principio el acto le pareció frívolo, una especie de transacción, pero después comprendió que Rachel siempre terminaba tan agotada, que no tenía fuerzas suficientes para levantarse e ir en busca de algo para anotar.

La coreografía se repitió como en los encuentros anteriores, Rachel se sentó en el borde de la cama, a la espera de Kelly, quien no tardó en estar a su lado.

Kelly supo que debía tomar la iniciativa (siempre lo hacía), también ella estaba completamente desnuda, excepto por una cola de caballo que se hizo a toda prisa.

Por fin eres mía...

Kelly desató toda su pasión, todos sus deseos y miedos. La única capaz de exorcizar sus demonios era Rachel, y por esa razón la amaba.

***

El empujón con la punta de los dedos sobre los hombros de la Medusa fue suave, pero autoritario. Esta cayó de espaldas. No tuvo tiempo para acomodarse: al instante Kelly estaba encima de ella.

La chica se mostró realmente anhelante, *eso es bueno, aún tengo todo el control sobre ella,* y comenzó a besarle suavemente la pelvis, el abdomen, los senos y por último la boca. Las manos le temblaban por la ansiedad, y el pomo de lubricante se le cayó dos veces antes de abrirlo.

—Que tonta soy —intentó disculparse con una sonrisa tímida, como si temiera un regaño.

—Relájate —le dijo la Medusa, mientras abría sus piernas en espera de que los dedos lubricados la penetraran—, tenemos toda la noche, y no pienso escaparme.

Kelly se pasó la lengua por los labios en un intento de humedecerlos, la vista que Rachel le estaba regalando solo aumentó más su pasión.

Siempre es mejor con una chica... así que relájate, puedes disfrutarlo.

La verdad es que en muy raras ocasiones prefería a los hombres. Demasiado dominantes, egoístas, preocupados solo en su propia satisfacción. Pero con las mujeres era diferente, aunque resultara, *muy agotador*. Las mujeres necesitan saber que lograban el orgasmo en su pareja, de no conseguirlo se sienten frustradas, y lo peor, o mejor, dependiendo del ángulo y el momento, siempre volvían a intentarlo.

—Ah, suave, suave —gimió la Medusa cuando los dedos penetraron su vagina. La sensación fue fría y caliente, placentera y dolorosa. Una mezcla de sensaciones que debía controlar cuanto antes para que su mente no se perdiera realmente entres las olas de placer. Eso era parte de su estrategia, nunca se podía permitir el lujo de perder el control—. Así. ¡Oh Dios! Me gusta así, suave.

Kelly comenzó a masturbarla con los dedos, mientras le besaba suavemente las aureolas de los senos y el cuello, apoyándose con la otra mano para oprimir mientras sus labios exprimían con ternura.

***

La Medusa necesitaba concentrarse en su personaje, pretender ser Rachel: el enlace principal de una multimillonaria compañía especializada en vender y comprar secretos alrededor del mundo. Ella era el contacto, el puente entre Kelly y sus asociados. Por cada informe o archivo que la exsecretaria de Kruger lograra sacar de la High Security International, su corporativo se lo pagaba en cientos de miles de euros.

La coartada de la Medusa siempre era la misma. Supuestamente, la compañía para la que trabajaba vendía esa misma información a otras corporaciones. La realidad era que cada archivo iba a parar directamente a los escritorios de los principales directivos del Mossad. El dinero pagado a Kelly siempre se lo depositaban en una cuenta en Las Bermudas, donde ambas chicas, tras conocerse y entablar una relación, habían jurado un día evadirse juntas.

Kelly incluso compró una pequeña villa en Santo Domingo, adelantándose a posibles acontecimientos. Mientras la joven continuara con sus sueños y fantasías no habría problemas, pero ahora todo era cuestión de tiempo. Si acababan de asesinar a Kruger, desde ese momento cada segundo contaba. Una cuenta regresiva que podía representar vidas o muertes.

El asesinato de uno de los directores de la HSI (de quien Kelly había sido secretaria por varios años), solo podía significar que algo grande estaba pasando. Esa simple información de por sí ya era importantísima. El Mossad llevaba años investigando cada paso de John Kruger. Su golpe magistral de inteligencia interna fue logrado por la Medusa cuando esta sedujo a la secretaria principal de uno de los hombres más importantes en el negocio de la venta de mercenarios internacionales.

Kelly trabajaba sin saberlo como espía para los servicios de inteligencia de Israel. Su único defecto era lo obsesión que tenía por los lujos. Aquellos encuentros en habitaciones de hoteles famosos, donde una noche costaba miles de dólares, suponían un esfuerzo gigantesco para los servicios de inteligencia, quienes debían montar mega operaciones para limpiar la habitación de micrófonos, desaparecer las cintas de seguridad y ponerle al menos dos equipos de escoltas más otro de extracción. Pero al final siempre merecía la pena, pues la información que Kelly les suministraba valía millones.

Y en esa ocasión el informe de todo lo ocurrido debía de estar en el bolso de la chica (a solo dos metros de la cama), quizás dentro de algún disco duro o una portátil; datos que podrían salvar la vida de muchas personas, o acabar con ellas.

— ¿Así te gusta? —le preguntó Kelly, esforzándose al máximo por lograr excitarla.

En ocasiones realmente lograba disfrutarlo, apartar su mente de su cuerpo y dejar a este último disfrutar durante algunos minutos, incluso lograba uno o dos orgasmos, pero ahora no lo lograría, no bajo tanta presión.

Todo es parte de un juego mental. Necesitas esa información cuanto antes, pero no vas a obtener nada de ella hasta que no la satisfagas... eres la mejor, puedes hacerlo.

— ¡Colócatelo! —le exigió.

Kelly se detuvo, como queriendo escuchar de nuevo aquellas palabras pues, de hecho, era exactamente eso lo que quería.

—Por favor —le suplicó la Medusa, imitando la voz más ansiosa de su repertorio—, acaba de ponértelo, ya no aguanto más.

Kelly sonrió satisfecha consigo misma, se paró de la cama y fue hasta una gaveta del escritorio. *Eso, súbele el ego para que termine de una vez.* Al regresar traía entre sus piernas un arnés, sujetado por tres puntos a su cadera y muslos. Del arnés colgaba un enorme consolador de goma, con la apariencia de un pene erguido como un asta.

***

Las acometidas fueron imparables e insaciables.

Boca abajo y con las piernas recogidas, sujetándose de una almohada que le servía como punto de apoyo, Kelly la penetró sin descanso, anal o vaginalmente (la idea de sodomizarla y sumirla a sus placeres era lo que realmente excitaba a la joven), a ella el deleite de su pareja la tenía sin cuidado, no sentía dolor o placer ante el impacto de las caderas, simplemente no sentía nada. Era como lavarse la boca o el cabello, sabía que algo estaba dentro de ella, mojado y áspero (que en ocasiones tocaba puntos sensibles) pero que de un momento a otro saldría de su cuerpo, después ella simplemente se enjuagaría la boca olvidando todo lo ocurrido.

Antes de penetrarla, Kelly empleó solo unos segundos en lubricar el consolador, la Medusa se lo agradeció enormemente, de esa manera no tendría que excitarse a sí misma.

Comencemos el acto final.

En la siguiente acometida la Medusa abrió la boca para lanzar un grito, se retorció en convulsiones aparentemente incontrolables, encorvando las piernas hasta tocar sus propios senos con sus rodillas, engarrotó los dedos de las manos para un instante después estirar todo su cuerpo como un felino que despierta de un largo sueño.

El efecto creado fue sorprendente, como si una ola gigantesca de placer hubiera azotado cada recoveco de su cuerpo dejando una calma que solo sus jadeos podrían sosegar.

Si Kelly logró un orgasmo, nunca lo sabría.

La mayoría de las veces, la chica lograba sus olas de placer mientras la asaltaba, por lo que la Medusa sintió como el falso pene salía suavemente de entre sus nalgas. Kelly la abrazó por la espalda y la besó tiernamente en el cuello y la oreja.

— ¿Te gustó?

—Nunca, uff, nunca, ¡Dios, no puedo respirar! Nunca te enseñaron que esas cosas no se preguntan —con una sonrisa pícara la Medusa dejó escapar un suspiro, como si intentara llenar sus pulmones de aire—. Me encantó, tonta, me vine dos veces.

Kelly volvió a besarla, satisfecha de sí misma mientras comenzaba a zafarse el arnés.

Muy bien, orgullo restaurado, placer cumplido, momento de trabajar.

CAPÍTULO 5
EL PROYECTO MEDUSA

Cuatro años antes, Centro Estratégico de los Sayeret Matkal, Israel

El pasillo estaba completamente desolado… ¿Ni un alma?

Algo no estaba bien, comprendió rápidamente Daniela Ivanir.

Para tratarse de una de las salas donde se planificaban las misiones especiales más importantes de Israel, por lo general debía haber al menos una docena de personas corriendo de un lado hacia otro. Sin embargo, esa mañana parecía como si todo el personal hubiese salido de vacaciones.

Sí, definitivamente algo no anda bien.

Daniela no dio muchos rodeos, no había una razón de peso para demorar aquel encuentro, fue directo a la oficina del coronel Namir, uno de los hombres con más alto rango en el edificio. Ya frente a la puerta de su superior, reparó en su apariencia por primera vez y farfulló, pues debía tener un aspecto terrible. Su camiseta de ejercicios estaba empapada en sudor, su pantalón camuflado y sus botas de entrenamiento, manchados de tierra. Encima de eso hedía a pólvora y a otros tufos que ni se preocupó en identificar.

Soy un comando, así es como "lucen" los soldados después de un entrenamiento.

Pero también era una mujer, y aunque le pesara

admitirlo, sentía cierta admiración por su coronel. No era nada sexual, simplemente que, para quien conociera bien al coronel Namir y su pasado, sin dudas quedaría cautivado ante su presencia.

Namir era para muchos el soldado activo con más experiencia en el campo de las Fuerzas Especiales, no es que fuera un Ehud Barak, pero tampoco se le quedaba por debajo. Miembro de uno de los comandos más temidos del mundo por más de dos décadas (el famoso Sayeret Matkal), estaba ahora al frente de esta unidad elite y de sus operaciones encubiertas en el extranjero.

La fama al coronel le había llegado tras su participación en la misión de rescate del vuelo 139 del Air France, secuestrado por el FPLP (Frente Popular para la Liberación de Palestina). Namir fue uno de los veintinueve comandos que participó en la Operación Entebbe, llevada a cabo en Uganda.

¡Vaya, que el hombre tiene su historial! se dijo para sí, aún frente a la puerta.

Su notoriedad también se debía a una docena de misiones con repercusión internacional, que a su vez fueron clasificadas, y solo un selecto grupo de comandos estaban al tanto. Operaciones ignoradas por el mundo y estudiadas solo por los mejores estrategas del ejército de Israel. Daniela se encontraba dentro de ese pequeño grupo. No admirarlo resultaba difícil.

La joven, detenida frente a la puerta, se tomó su tiempo para arreglarse la camiseta.

—Bien, pues veremos de qué se trata —murmuró

por lo bajo.

Dio tres firmes toques en la puerta.

—Adelante —le respondió automáticamente la conocida voz del coronel. A Daniela le pareció una respuesta demasiado rápida, como si Namir ya estuviese esperando por ella.

***

Namir hojeó por tercera vez el expediente de Daniela Ivanir.

—Vas a cometer un error y te vas a arrepentir, ya verás —por mucho que intentó evitarlo, pudo sentir en su propia voz el disgusto y la rabia de la acción que estaba a punto de cometer.

Daniela Ivanir era una "chica" prodigio. A Namir no le quedaba ninguna duda de lo que ella era capaz de hacer. Llamarla "chica", "mujer" era otra estupidez, una formalidad, Ivanir era un soldado, un comando elite, quizás el mejor que estaba operando bajo sus órdenes. Pero una vez más, se repitió mientras leía el informe, era una mujer, y eso precisamente es lo que necesitaba el Mossad.

Tres fuertes toques en la puerta lo sacaron de sus reflexiones.

—Adelante.

La teniente Daniela abrió la puerta y entró en el despacho.

—Permiso, coronel.

La joven chocó sus talones y se puso en posición de firme.

—Tome asiento y descanse.

Daniela quedó perpleja por unos segundos. Sin darle ninguna explicación, el coronel se levantó y fue hasta la mesita bar junto a un estante, aún sus miradas no se habían cruzado, pero el coronel podía sentir la tensión en el aire.

—Que deseas tomar.

La pregunta sorprendió aún más a Daniela, quien no supo qué responder.

—Un... un agua está bien, coronel.

Namir hizo caso omiso a su respuesta, le sirvió una copa llena de whisky (dos... mejor tres cubitos de hielos, tampoco quería que se embriagara, lo mejor es que estuviera atenta, pero sin mucha presión... tres cubitos de hielos estarían bien). Para él escogió una copa de vino paquistaní, no era la mejor cosecha, pero le gustaba, y lo iba a necesitar.

Con su vaso de whisky en las manos, Daniela comprendió que la situación era bien tensa, sin dudas peor de lo que podría suponer. Namir no necesitó leer el rostro de la joven para darse cuenta de las dudas que ya le cruzaban por la mente.

—Esta plática es oficialmente secreta —comenzó a decirle con tono amistoso, dejándole claro que se trataba de una simple formalidad—, la próxima vez que vuelvas a dirigirte a mí, quiero que me llames Namir, como un simple oficial, como un amigo y camarada de comando que somos.

Namir observó como Daniela se llevaba el trago a los labios, sin dudas procesando sus palabras. Ningún jerarca militar se dejaba llamar por su nombre, y mucho menos por una teniente, a menos que quisiera dejar claro que sucediera lo que sucediera no iba a tener repercusiones en su carrera.

El gesto que hizo para llevarse el trago a los labios le permitió al coronel apreciar mejor el rostro de Daniela desde una perspectiva diferente.

Sin dudas Daniela no era hermosa, y mucho menos delicada —observó atentamente cada uno de sus movimientos, e intentó imaginarla con maquillaje, pero el resultado seguía siendo desfavorable— sobre todo por su dentadura. Sus dientes, montados unos sobre otros, se encargaban de desfigurar su sonrisa (si es que tenía alguna, recordó que pocas veces la había visto sonreír). Si algo se destacaba en sus "encantos femeninos", eran sus ojos. No se lo iba a negar, eran ojos verdes como esmeraldas, bellos, de mirada sincera, aunque la redondez de su rostro le recordaba una mujer esquimal.

Tras esa rápida valoración de Daniela, Namir se acordó que estaba frente a un soldado, un comando, un arma humana diseñada, calibrada y probada para matar. En su profesión ser bella no era requerido, letal sí, y ella lo era.

Daniela medía uno setenta de estatura, sesenta y ocho kilogramos de peso, y la complexión física de un experimentado comando. Una amplia espalda, fibrosos brazos y unos muslos capaces de recorrer diez kilómetros a marcha forzada con una mochila con cien libras de peso.

—Me imagino que ya te has preguntado por qué estás aquí, ¿verdad?

La joven afirmó con la cabeza, pero prefirió seguir en silencio.

***

— ¡El Proyecto Medusa!

Su rostro expresaba una incredulidad sincera, como si el coronel le estuviera jugando una broma bien pesada.

—Correcto, el Mossad te ha seleccionado para que formes parte del Proyecto.

— ¿El Mossad me ha seleccionado? Pero, pensé que ese Proyecto se trataba de un chiste, una especie de leyenda dispersa entre las filas.

Namir leyó claramente su mirada; no terminaba de creer que aquella conversación se estuviera llevando a cabo.

—El Mossad entrena espías, agentes secretos a lo James Bond, y no digo que no sean buenos en lo que hacen. Pero, ¡demonios! el Proyecto Medusa. De qué van, quieren convertirme en una Nikita israelí.

Una leve sonrisa cruzó por los labios de Namir.

No andas muy lejos de la verdad.

Negarlo sería muy estúpido de su parte, y por muy loco que pareciese aquel proyecto, él mejor que nadie sabía de la seriedad con que el Mossad lo trataba en sus asuntos, sobre todo por los resultados que obtenía. Por eso, la expresión de su rostro debió ser más que suficiente para que Daniela se lo tomase en serio.

— ¡No es una broma entonces!

ALIANZAS

—Te dije, desde el principio, que íbamos a mantener esta conversación como colegas, nadie te está presionando, y mucho menos quiero que tomes una decisión de la cual te vayas a arrepentir. Porque una vez que la tomes…

—…no habrá vuelta. —Finalizó la frase al tiempo que se llevaba el vaso a los labios.

El whisky quemó su garganta, pero la ayudó a enfocarse en la situación. Por la palidez de su rostro, Namir supuso que, si la misión llegara a tratarse de una expedición a alguna base clandestina de los enemigos de Israel, la joven estaría emocionada, incluso lista para entrar en acción.

Que se asuste, no está mal, así va comprendiendo la seriedad del asunto. El miedo solo significa dudas, y las dudas crean preguntas. Así que lo mejor es que comience a hacerlas.

***

— ¿Por qué yo?

Namir disponía de unas veinte respuestas para esa interrogante, pero prefirió decirle la verdad, clara y sincera, sin muchos rodeos. Para ello abrió el expediente de la joven y le mostró una serie de fotos. La reacción de Daniela ante las imágenes fue justo lo que él esperaba.

Con una simple inclinación de la cabeza, a manera de apoyo, el coronel comenzó a depositar fotos sobre la mesa, imágenes de recortes de periódicos y algunas cintas de videos. Sin dudas se trataba de un resumen detallado del ataque terrorista llevado a cabo por la OLP dos años atrás. El impacto de dos cohetes

Qassam en la ciudad de Beer Sheva, causó la muerte a nueve civiles, una tragedia para el pueblo de Israel, pero para Daniela significó mucho más que eso.

— ¿A qué viene esto? —Namir pudo sentir la ira en la voz de la joven teniente, peor aún fue su propia vergüenza al tener que usar aquellas imágenes para exponer su punto.

— ¿Cuántos seres queridos perdiste ese día?

—Usted bien lo sabe... —Daniela necesitaba decir algo más, pero prefirió seguirle el juego al coronel, solo para comprender que aquella situación era también difícil para él. Sin dudas solo estaba siguiendo un guión dictado por alguna de esas sanguijuelas del Mossad—. Los perdí a todos, a mis padres, a mis suegros, a mi hermana y... a Yamir, mi prometido.

Impotente ante los temblores que recorrieron su cuerpo, las lágrimas se deslizaron incontrolables por sus mejillas.

—Fueron a Beer Sheva a comprar la bajilla para la boda, yo quería ir, pero no me dieron pase en la Unidad Especial.

Lo sé, fui yo quien te lo denegó ese día.

***

—Me necesitan porque no tengo familia, ¿cierto?

—No pienso mentirte, te lo dije desde que pusiste un pie en la oficina —Namir fue en busca de un segundo expediente, lo abrió y comenzó a depositar sobre la mesa más fotos y recortes de periódicos, pero esta vez relacionados solamente con la labor llevada a cabo por Daniela dentro de las Fuerzas Especiales—.

El Mossad necesita una mujer, una mujer con tus habilidades.

— ¿Quieren convertirme en una espía?

—Es más complicado aún —ahora venía la parte difícil, por lo que el coronel se movió incomodo dentro de la habitación—, la seguridad de nuestro país depende de nuestros servicios de inteligencia. Sé que son unas sanguijuelas, pero tanto tú como yo sabemos que el Mossad es la columna vertebral de las fuerzas armadas de Israel, sin ellos, seríamos un país sumido constantemente en guerras civiles, rodeado de enemigos. A veces no estoy de acuerdo con muchos de sus planes, o la manera en que los ejecutan, pero jamás he negado los resultados.

Mientras hablaba, el coronel fue organizando una serie de fotos en las cuales aparecía Daniela. Cada foto mostraba sus especialidades como profesional. Cuando todas las fotos estuvieron perfectamente organizadas, Namir dijo con cierto orgullo:

—Posiblemente seas mi mejor soldado, no quisiera desprenderme de ti. —Daniela le creyó, halló cierta nostalgia en la voz del coronel—. Tienes razón en cuanto a tu familia, esa es la primera causa de por qué te quieren reclutar. No tienes a nadie que espere por tu regreso. Te han hecho un seguimiento durante los últimos dos años. Saben todo de ti, y cuando digo todo, créeme, me refiero hasta el más mínimo detalle. Eso incluye tus amistades y relaciones amorosas.

La joven teniente observó cierto rubor en las mejillas de su comandante. Namir era un comando, un soldado entrenado para dirigir misiones, el espionaje de la vida privada de otras personas no se le daba muy bien. No obstante, la información que el Mossad le proporcionó era correcta. Desde la muerte de sus padres y su prometido, ella simplemente se había enfocado en su trabajo, en cómo ser un mejor comando, en cumplir todas las misiones, pero en el fondo se sentía sola. Muy sola. Sin un propósito real en su vida.

Para reiniciar la conversación, Namir separó tres fotos en las que aparecía la muchacha entrenando diferentes estilos de artes marciales.

—Tienes dos cinturones negros, uno en Jiu-Jitsu y otro en Krav Maga —Namir cerró fuertemente los puños, como si estuviese conteniendo la ira, Daniela pudo percibir que el comandante estaba librando una guerra interna dentro de su mente. Por un lado, tenía que darle toda la información, explicarle por qué el Mossad la necesitaba, por el otro, estaba la ética militar, sin dudas él no quería perder a su mejor soldado—. Según tengo entendido dominas perfectamente el Muay Thai, tu estilo preferido; eres una experta tiradora, adiestrada en cualquier tipo de armas... ¡qué digo, quizás hasta para las que vayan a fabricar en el futuro!

La última parte de su discurso fue más para sí mismo.

—Además, esta es la parte que realmente le interesa al Mossad, eres una experimentada políglota, dominas, ¿cuatro, seis... idiomas?

—Ocho.

Ya había empezado, comprendió el coronel, no habría vuelta atrás. Lo que la joven decidiera dependería de ella. Pero él tampoco se la iba a poner tan fácil a los del Mossad.

—Mi punto es, Daniela, que has sido entrenada por los comandos de la Fuerzas Especiales Israelíes, vales oro. Desde el punto de vista militar tu experiencia es invaluable, me sigues. —Ella simplemente asintió con la cabeza—. El Mossad necesita desesperadamente a un especialista en artes marciales, que domine todo tipo de armas y que no tenga familia. Esos prototipos de candidatos les sobran, lo que si no tienen es a una mujer que reúna todas esas cualidades. Demorarían años en crearla.

Namir dejó escapar un largo suspiro.

Durante dos minutos hubo un silencio embarazoso dentro de la oficina. Ninguno de los dos se atrevía a romper el silencio, cada uno sumergido en sus propias cavilaciones. Por fin Daniela comprendió que el coronel no diría una palabra a menos que ella rompiera el hielo.

***

Cuando habló, no pudo creerse sus propias palabras, como si otra persona estuviese controlando su voz y sus gestos.

— ¿Realmente me necesitan?

Namir arqueó el cuello hacia ambos lados sintiendo el crujido de sus vertebras. Sus hombros reflejaban toda la tirantez de la conversación, pero su fisonomía aparentaba ser una máscara de porcelana.

—Sí, realmente te necesitan. Pero… ya sabes; tienes que comprender que si aceptas entrar al Proyecto Medusa no habrá marcha atrás, te quedó claro: no hay vuelta hagan lo que te hagan.

— ¿Hacerme? —Su voz tembló, no por miedo, simplemente por la curiosidad que le generaba la emoción a lo desconocido—. ¿A qué se refiere?

—Me refiero a que te convertirán en una…, mmm, Nikita israelí. —Fue el mejor ejemplo que tuvo a mano—. Te crearan múltiples identidades, serás entrenada en todos los tipos de técnicas de espionaje que a esos locos se les ocurra. Pero lo peor es que dejaras de existir. Daniela desaparecerá.

La conversación había tomado un rumbo inesperado. Daniela comprendió la magnitud de lo que le estaban proponiendo, por mucho que lo imaginara, no podía visualizar un futuro exacto, y fue eso lo único que la motivó a seguir preguntando.

—Significa que desapareceré de los registros de las Fuerzas Especiales.

—Peor, aparecerás como muerta en un accidente de entrenamiento. Incluso te haremos una ceremonia y depositarán flores en tu tumba.

Aquello era demasiado, aún así continuó preguntando.

—Si aceptara, ¿cuál sería el siguiente paso?

—No lo sé —la voz del coronel sonó impotente, como si comprendiera que estaba perdiendo una batalla en la que ni tan siquiera conocía al enemigo—, si quieres continuar esta conversación haré pasar al "caza talentos" del Mossad.

Daniela finalizó su trago y asintió.

El coronel dejó escapar un suspiro, la miró

detenidamente como si quisiera decirle algo más, algo que no lograba coordinar.

—Está bien, coronel —le dijo Daniela al advertir la lucha interna que estaba librando internamente Namir—, al igual que usted haría todo por mi país, aunque todavía no lo he decidido.

Namir le sonrió. Fue hasta la puerta que conectaba con una segunda oficina e hizo pasar al "cazatalentos". Luego salió de su propia oficina.

Namir miró por última vez a Daniela, mientras iniciaba su conversación con el agente del Mossad. Un breve ataque de aflicción le invadió su pecho, intuyó que aquella sensación solo significaba algo: no volvería a verla nunca más.

ADRIÁN HENRÍQUEZ

CAPÍTULO 6
CUMPLIENDO PROMESAS

Veracruz, México

Lo primero que pasó por su mente fue entrar a la clínica y comenzar una masacre, por suerte sus instintos de soldado lo contuvieron. El teléfono satelital que tenía sobre el asiento del pasajero comenzó a vibrar. No necesitaba leer la pantalla para saber de quién venía la llamada. Respiro profundo, se tragó su orgullo y contestó.

—La clínica está a nombre de Luis Rodrigo, un supuesto especialista en cirugías plásticas, aunque el inmueble no es más que una tienda de venta de órganos —comenzó a explicarle Jimmy Scott desde su oficina en Langley—. Rodrigo cuenta con dos enfermeras, una recepcionista y dos guardias de seguridad.

— ¿Estructura de la clínica? —preguntó Sodoma.

—Un solo piso, recepción con sala de espera, tres salas de consulta y un quirófano. Dos habitaciones para la recuperación de los pacientes.

Sodoma lo memorizó todo, y comprendió de paso que aquella información suministrada en tiempo record por Scott, no era más que su manera de pedirle disculpas y dejar las cuentas claras. Él no tuvo nada que ver con la trampa que le tendieron y la única forma que tenía para demostrárselo era brindándole cuanta información necesitara. No obstante, ambos sabían que su verdadero objetivo era mantener contento a su mejor agente de campo.

— ¿Uno de los guardias que entró a la clínica es el serbio? —preguntó Sodoma.

—Sí..., trata de capturarlo vivo, puede que posea información que necesites.

El famoso y temido serbio era un psicópata especializado en torturas de mujeres, ese sería su primer objetivo.

***

Abrió la puerta de la clínica y lanzó una granada aturdidora modificada que rodó por el pasillo. Un modelo basado en la M84 usada por los escuadrones de la SWAT. La granada estalló a los pocos segundos lanzando un destello que superó los ocho millones de *candelas...* quedar prácticamente ciegos no desorientó tanto a los guardias como el efecto del estallido. El sonido expandido por la granada alcanzó los 190 decibelios (explotándoles literalmente los tímpanos).

Sodoma entró sosteniendo su Beretta 92FS con ambas manos. Lanzó un rápido abanico de vista seleccionando dos objetivos. Uno de los guardias que acababan de entrar tenía la boca abierta intentando aclararse la vista, de un oído le corría un fino hilo de sangre.

Dos disparos en el pecho y uno en la cabeza lo lanzaron contra la pared. El otro guardia hizo intentos desesperados por encontrar la pistola que se le había caído justo frente a sus pies. Sodoma avanzó hacia él y a quemarropa le pegó un disparo en la sien: sesos y huesos salpicaron el rostro de una de las enfermeras que estaba en el pasillo, o quizás era la recepcionista.

Sodoma no la pudo identificar porque la mujer no paraba de gritar.

En un rincón de la sala de espera vio a dos mujeres abrazadas contra una de las paredes. Ambas intentaban consolarse mientras con manos temblorosas se palpaban los oídos. Por sus tallas de sujetador y la hinchazón de sus labios Sodoma reconoció en ellas a dos adictas de la silicona.

— ¡Hijo de puta! —gritó un tercer guardia. El hombre estaba tan desorientado que cometió el error de salir de una de las habitaciones disparando a todo lo que se moviera. La primera ráfaga atravesó a una de las mujeres que estaban recostadas a la pared.

Sodoma sintió el calor de los proyectiles cuando pasaron a centímetros de su rostro. Se abalanzó contra el tirador metiendo su cabeza por debajo del brazo de este, pegó el cañón del silenciador en sus costillas y apretó seis veces el gatillo. Las balas destrozaron sus pulmones y columna vertebral causándole una muerte lenta y dolorosa.

Sodoma avanzó por el único pasillo que debía llevarlo hacia la sala del quirófano. De repente una puerta se abrió, el serbio apareció en el pasillo lanzando ráfagas con su pequeña metralleta. Sodoma reaccionó por puro instinto, lanzándose contra el piso y disparando sin perder por un segundo el objetivo de su mira. Dos disparos impactaron en el hombro y la pierna del serbio. Este cayó al piso resbalando con su propia sangre. Antes de que pudiera volver a recargar, ya Sodoma estaba encima de él. Lo desarmó poniéndole su rodilla sobre el cuello y examinó las heridas de bala.

—Sobrevivirás.

Sodoma se aseguró de que el hombre aguardara por su regreso. Usando sus pesadas botas recubiertas con casquillos de titanio, le dio una serie de patadas en las costillas hasta asegurarse que al menos unas ocho hubieran quedado partidas o fragmentadas.

—Así no creo que vayas a ir muy lejos.

***

Falta un guardia.

Sodoma le dio una patada a la puerta del quirófano, fue recibido por una ráfaga de balas. El último guardia debió haber esperado a que entrara para focalizar sus disparos. El dispararle a la puerta solo ayudó a que Sodoma localizara su posición. Este ya había puesto un nuevo cargador con dieciocho balas. Miles de horas de entrenamiento con escuadrones de la SWAT, Delta Force y SEAL habían creado una memoria muscular en Sodoma que lo capacitaba para devolver un disparo en micros segundos. El guardia nunca tuvo una oportunidad. Tres disparos en el cráneo y dos en el pecho finalizaron el trabajo.

Mientras el cuerpo se retorcía en el piso con los últimos temblores de vida, Sodoma quedó frente a una atemorizada enfermera y un cirujano que aún sostenía con mano temblorosa un bisturí. *Me imagino que tú seas Luis...*

Sobre la mesa de operaciones Yotuel permanecía inconsciente. Su pecho estaba marcado con una línea continua creada con algún tipo de plumón, sin dudas la guía que iba a seguir el bisturí.

—Yo no... —comenzó a decir el médico. Sodoma

no lo dejó terminar la frase. El disparo en la frente lo lanzó por encima de la mesa.

La enfermera comenzó a gritar y a pedir clemencia. Sodoma no la tuvo.

***

Yotuel comenzó a recuperar la conciencia. La anestesia hizo que su cabeza le pesara una tonelada, por lo que no pudo separarla ni unos centímetros del hombro de Sodoma. A medida que avanzaban por el pasillo fue viendo los cuerpos medio descuartizados tirados por el piso. Manchas de sangre recorrían las paredes. Yotuel sonrió y le susurró al oído:

— ¿Llamaste a Wolverine? ¿Le pediste que viniera a ayudarte?

Sodoma lo apretó contra su pecho.

—Sí, de hecho, llamé al escuadrón completo de los X Men, ya vienen en camino...

—...pero Wolverine llegó primero.

El niño sonrió y su cabeza volvió a caer sobre su hombro.

—Espero que también vayan por mi mamá.

Sodoma lo acostó en el asiento del pasajero y lo sujetó con los cinturones de seguridad. Lo besó en la frente mientras le susurraba con voz cómplice:

—Te voy a decir un secreto, pero no se lo puedes contar a nadie —el niño sonrió ante la perspectiva de tener una información que solo ellos dos sabrían—. Tú pórtate bien, que a tu mami la va a buscar el mismísimo Hulk.

ADRIÁN HENRÍQUEZ

Sodoma regresó a la clínica, cargó sobre su hombro al serbio y lo tiró en el maletero, no sin antes darle otra docena de patadas para que siguiera inconsciente.

CAPÍTULO 7
LA MEDUSA

Cuatro años antes. En una de las clínicas secretas del Mossad.

Israel

En la gigantesca pantalla LD aparecieron dos fotos de Daniela, una del antes y otra del después.

Cuatro doctores, tres hombres y una mujer procedieron con su reporte. La reunión era de máxima seguridad, solo a dos altos miembros del Mossad que vinieron acompañados con el hombre de confianza del Primer Ministro les fueron permitidos entrar al recinto. La sala en sí era uno de los secretos mejores guardados de los servicios de inteligencia (ni siquiera el propio Ministro estaba al corriente de su existencia). Los reunidos se mantuvieron en absoluto silencio como si temiesen que sus propios pensamientos fuesen escuchados más allá de las oscuras paredes.

—Toda la información digital de Daniela Ivanir ha desaparecido —comenzó a explicar Noam Perl, el agente principal a cargo del proyecto Medusa—, murió en un accidente de entrenamiento por el impacto de una granada. A petición de su abogado, su cuerpo fue incinerado.

Perl, junto a la comisión médica, eran los encargados principales del presupuesto y valoración física y mental de los reclutas del Proyecto. Aquel caso en específico llamó la atención de los jerarcas de los servicios de inteligencia debido a las características únicas de la candidata. Adam Silver, el especialista en cirugías plásticas, se levantó de su asiento y fue hasta la pantalla.

—Desde este momento nos dirigiremos hacia la desaparecida Daniela —hizo una pausa para señalar la foto de una joven con aspecto varonil—, como a la nueva Medusa.

Todos asintieron en la sala.

La nueva foto de Daniela, convertida en la Medusa, se amplió en la pantalla, mostrando para asombro de los agentes un rostro irreconocible, y excesivamente hermoso.

—Mi equipo de trabajo se complace en confirmar que físicamente no existe manera de identificar a la antigua Daniela. La Medusa es una nueva mujer, una persona inexistente hasta el día de hoy.

***

Varios meses atrás.

Hospital secreto de cirugías estéticas, en algún lugar subterráneo de las instalaciones del Mossad.

— ¿Conoces la historia de la Medusa? —le preguntó Kaila, la especialista maxilofacial que estaba a cargo de la transformación de su boca.

Daniela negó con la cabeza mientras escupía sobre una bandeja una saliva sanguinolenta.

—La figura mitológica griega con rostro de mujer y la cabeza llena… —hizo una mueca de dolor al tocarse uno de los cachetes—, de serpientes.

Kaila le sonrió. Anotó varios datos en un papel y

procedió a examinarle más detalladamente el resto de las piezas dentales.

—La Medusa era una de las Gorgonas, tres hermanas que cayeron en desgracia. Según cuenta una de las leyendas, la belleza sin igual de la Medusa atraía a todos los hombres y mujeres que la miraran. —La doctora hizo una pausa al ver la expresión de risa en la cara de su paciente—. En fin, que tanta belleza atrajo los celos de la diosa Atenea, quien la convirtió en un monstruo horrible, escamas por todo su cuerpo, garras con uñas ponzoñosas, colmillos en vez de dientes... y el elemento que la hizo más famosa, sus cabellos de serpientes.

—En resumen, que el equipo de cirujanos que se han dado gusto conmigo tendrían que vérselas bien feas para arreglarla.

—Ni te imaginas —la doctora volvió a sonreírle—, y como si todo esto fuese poco, la peor maldición no fue lo horrible de su aspecto, sino que el hombre que la mirase se convertía en piedra.

—Kaila, me estás queriendo decir que me van a pondrán ojos capaces de convertir en piedra a mis enemigos ¡Me están transformando en una X Men!

La doctora no pudo contener la carcajada, a tal punto que hasta se le escaparon algunas lágrimas.

—No, no, todavía, esos están en fase de terminación. A ti solo te vamos a instalar un sistema de teletrasportación.

— ¡Ya, como los X Men!

Por segunda vez Daniela escupió en la bandeja. Los doctores y psicólogos que la estaban convirtiendo en una de las armas más letales del servicio de inteligencia, tras varios meses de trabajo con ella se habían convertido en sus amigos. Todos eran profesionales con miedos y deseos de triunfar en sus metas; pero, sobre todo, eran seres humanos. Para Daniela significaba lo más cercano a una familia.

—Mi punto es, Daniela —el profesionalismo regresó a la voz de Kaila— que este Proyecto se llama Medusa por una razón. Estamos erigiendo en ti una nueva mujer, una chica que sea capaz de provocar los deseos más morbosos en hombres y mujeres. Esa será solo tu carta de presentación. Bajo esa piel y esos encantos ficticios...

—...se esconderá un monstruo —finalizó Daniela—; un ser capaz de convertir en piedra a quienes realmente vean mi verdadera apariencia.

—Exacto —sentenció Kaila.

—Si no recuerdo mal, a la tal Medusa terminaron cortándole la cabeza. —Kaila sintió como su cuerpo se tensaba, algo molesta al intuir que Daniela estaba estudiando sus reacciones—. Sí, ya recuerdo, se la regalaron a la Diosa que la creó para que la mostrara en su escudo como señal de trofeo. Kaila le sonrió tratando de lucir simpática, aunque aprendió una excelente lección, Daniela ya se estaba trasformando en la Medusa, al hacerle creer lo inocente o ignorante que podía llegar a ser, cuando en realidad solo era una fachada más.

***

Varios meses después.

En una de las salas secretas del Mossad.

—Veintitrés cirugías plásticas —puntualizó Adam—, en ellas incluyeron reconstrucciones faciales de los pómulos, cejas, labios, orejas, manos y dedos.

A medida que el doctor hablaba, en la pantalla iban apareciendo fotografías de las operaciones mencionadas. Adam hizo una pausa para cederle paso a su colega. La doctora Kaila tomó el control remoto y continuó pasando diapositivas.

—Todos sus dientes fueron removidos quirúrgicamente, el equipo procedió a atornillarle dos prótesis de marfil —en la pantalla aparecieron las imágenes de la nueva dentadura de la Medusa. Una sonrisa que solo las actrices más bellas de Hollywood pueden lucir—. Todo su cabello fue igualmente removido, procediendo a un trasplante de cabellos sintéticos al cual se le aplicaron extensiones.

Una vez más, las imágenes provocaron miradas de exclamación. El doctor Adam agradeció la breve exposición de su colega, luego procedió él mismo a la siguiente fase.

***

Varios meses atrás.

Hospital secreto de cirugías estéticas, en algún lugar subterráneo de las instalaciones del Mossad.

La Medusa admiró en el espejo sus nuevos senos, implantes de siliconas que provocarían las miradas lujuriosas de sus futuros objetivos.

—Es asombroso, los siento como si hubiesen sido siempre parte de mi anatomía, aunque noto el peso.

El doctor le tocó la curva de los senos, luego observó detenidamente la marca de la operación.

—No quedarán cicatrices postquirúrgicas, la cirugía láser combinada con la crema te dejará la piel como la de un bebé. —Adam Silver se acomodó sus lentes para apreciar con cierto grado de orgullo el resultado de su trabajo—. El peso es normal, varias secciones de entrenamiento y en unas semanas no notarás la diferencia.

La Medusa asintió.

— ¿Qué te ha dicho el psicólogo? —La mente humana no era el campo del especialista en cirugías, pero no interesarse por el futuro de sus pacientes era algo que escapaba a su propia voluntad—. Llegado el momento, sabes que...

—Adam —la Medusa le tomó la mano como si fuera un viejo amigo—, sé muy bien para qué es este cuerpo. No tengo ningún inconveniente en usarlo tanto con hombres o con mujeres. No tienes que sentirte culpable, solo hago esto porque necesito hacerlo.

El doctor se llevó las manos a las cejas en un intento por controlar sus emociones. Lo que estaban creando era un hermoso monstruo, al que no podían operarle los sentimientos en el quirófano, pero físicamente se los estaba eliminando. Él, mejor que nadie, sabía lo que acaecía en la habitación "roja". Dos veces a la semana la Medusa era llevada allí.

Un grupo de psicólogos la sometía a largas secciones

de entrenamiento físico y mental, al final terminaban dándole clases sexuales, no teóricas. Debía acostarse con hombres, mujeres, o varios a la vez, organizando orgias que le permitieran adquirir la experiencia suficiente para controlarse en situaciones sexuales extremas. Esa era su principal y futura misión, dejarse someter, ser sumisa o posesiva, de acuerdo al perfil psicológico del objetivo.

***

Varios meses después.

En una de las salas secretas del Mossad.

Adam hizo una breve pausa para capturar toda la atención de los presentes. El grupo de agentes parecían nerviosos esperando los resultados finales, mientras que el equipo de los doctores estaba impaciente por mostrárselos. Silver procedió a enseñar las últimas diapositivas.

Imágenes desde todos los ángulos mostraban a la Medusa completamente desnuda. Un cuerpo bello, balanceado y estructurado por las manos profesionales de un grupo de expertos en belleza física.

—Liposucciones de muslos, brazos, abdomen, aumento de glúteos, labios y senos, una expansión anal, y varios tratamientos de bronceado estético para la piel fueron algunas de las operaciones y procedimientos a los que la paciente se vio obligada a someterse.

Adam hizo una pausa para dirigirse a una de las puertas y hacer pasar a la Medusa. Una vez que la joven estuvo frente a ambos equipos, tanto agentes como doctores, todos se permitieron el lujo de admirar la operación secreta más bella y peligrosa en la que habían trabajado.

—Oficialmente el equipo de cirujanos está de acuerdo en que el Proyecto Medusa está listo.

Noam Perl se levantó de su asiento para estrecharle la mano a la mujer más hermosa que hubiese visto. Ataviada solo con un simple vestido, ajustado a sus curvas, la joven le devolvió el apretón de mano.

—Será un placer trabajar contigo, Medusa.

—El placer será mío, ¿cuándo empezamos?

CAPÍTULO 8
SIN ESCAPE

Hotel Dream Tower

Alemania

Tras una larga pausa para recuperar fuerzas, aún sudorosa y agotada por el desafío sexual que acababa de tener, Kelly se corrió hacia un lado para sacar de su bolso la memoria flash que tenía dentro.

— ¿Y eso?

—Esto es lo que nos cambiará la vida —le respondió orgullosa la exsecretaria.

— ¿Tan importante es? —La Medusa se levantó de la cama y fue hasta una de las mesas repletas de botellas, escogió una de Bourbon y se preparó un trago a la roca—. ¿Qué se supone que contenga como para cambiar nuestras vidas?

Kelly bajó la cabeza y murmuró:

— ¿Me quieres?

Mierda, necesito esa memoria cuanto antes.

—Claro que te quiero y lo sabes —se acercó hasta la cama y besó a la chica en el cuello—, pero qué tiene dentro...

—...le hice una copia al disco duro de John Kruger antes de que saliera de su oficina —la voz de Kelly tembló al pronunciar cada palabra, incluso la Medusa sintió su cuerpo tensarse al comprender la magnitud de lo que aquello representaba—, aquí está toda la información de la última misión que se realizó en Cuba. Hasta donde pude leer, mandaron a uno de los mejores comandos para capturar a un exespía...

¡Oh, Dios! Esto es más grande de lo que me esperaba.

—Solo regresó un comando.

— ¿Qué sucedió?

—No lo sé, nadie lo sabe. En la HSI están como perros rabiosos buscando respuestas.

La Medusa se dio un trago para ganar tiempo y evitar la mirada ansiosa de Kelly. Necesitaba salir de aquella habitación cuanto antes, pero debía hacerlo sin levantar las sospechas de la joven. Kelly aún podía serles muy útil.

—Si vendes toda esta información a tus jefes, con lo que nos paguen podremos desaparecer. ¡No sé... creo que ha llegado el momento! Piénsalo, esta es la oportunidad perfecta para comprar un pequeño negocio en Las Bahamas, en Hawái, donde tú quieras...

—...no es tan simple.

— ¡Sí, sí lo es! No te das cuenta de que no podré regresar a la HSI, tengo que desaparecer.

La Medusa le sonrió.

—Tengo suficiente dinero —continuó Kelly—, conozco a varias personas que pueden hacernos pasaportes, documentos, lo que necesitemos para escapar.

Cuán inocente era aquella chica. Trabajaba como

secretaria en una compañía de mercenarios de fama internacional... ¿de veras creía que podría escapar así sin más?

No, reflexionó tras un instante la Medusa. Kelly no era inocente ni estúpida. Tenía suficiente dinero, contactos y recursos para huir, pero había cometido el peor error de este negocio: enamorarse de la Medusa. Después de todo, había hecho muy bien su trabajo.

La Medusa sonrió satisfecha.

***

Todo sucedió en cuestiones de segundos.

La puerta fue arrancada prácticamente de sus bisagras, cuatro o cinco hombres entraron a toda prisa armados hasta los dientes. Kelly soltó un gritó mientras tomaba una sábana para cubrirse. La reacción de la Medusa fue diferente, esta corrió por todo el borde de la cama hasta la mesita que tenía sus lapiceros.

Justo en el momento en que agarró uno de los lapiceros, un gigante barbudo la sujetó por la cintura y la lanzó contra el piso. Al instante dos hombres le cayeron encima, uno de ellos, con movimientos expertos le introdujo su pierna por detrás de su brazo aplicándole un *omoplata,* el otro apoyó su rodilla en su espalda mientras le doblaba la otra mano inmovilizándola. De haber intentado moverse le habrían dislocado el brazo.

Desesperada, la Medusa comprendió que se trataba de una emboscada hecha por profesionales. Un comando, ¡un maldito comando de extracción! las armas y los movimientos de aquellos hombres lo

85

indicaban. ¿Pero quién los había mandado?

Esa fue la única pregunta que golpeó su mente, pues el preocuparse por los hombres de su escolta era un derroche de tiempo que no se podía permitir.

***

Las ventanas estallaron en una lluvia de fragmentos, los tres comandos de la HSI entraron sujetos por sus sogas hacia el interior de la habitación. Uno de ellos lanzó una granada aturdidora solo para ganar fracciones de segundos.

Originalmente, el plan era dejar atontados a quienes estuvieran dentro de la habitación, lo que ninguno de ellos pudo prever es que hubiera otro comando. La granada lanzó un destello de luz enceguecedor, excepto por Kelly, todos cubrieron sus ojos. Un instante después comenzó una verdadera batalla de subfusiles con silenciadores.

CAPÍTULO 9
¿QUIÉN ERES?

Hotel Dream Tower

Alemania

A su alrededor todo se convirtió en un desconcierto.

Instintivamente, Kelly se levantó de la cama y fue a ocultarse tras un diván. A solo tres metros de ella el soldado que tenía inmovilizada a Rachel recibió el impacto de varios disparos en el pecho, lanzándolo hacia atrás como si una fuerza invisible lo hubiera golpeado de una forma descomunal. Con el mismo impulso de la caída el comando rodó sobre sí mismo y sacó una pistola con silenciador. De sus heridas no salió sangre, por lo que Kelly comprendió que todos, o al menos la mayoría de los hombres que acababan de entrar, vestían chalecos antibalas.

En medio de toda aquella locura, Rachel la localizó y con un gesto de su mirada le indicó que no se moviera de allí. Luego rodó por el piso —como si acabara de transmutarse en un felino—, hasta la mesita de noche de donde tomó uno de sus lapiceros.

De aquella pesadilla, lo peor de todo —vislumbró Kelly—, era el sonido silencioso de la muerte. Dentro de la habitación estallaba una guerra de armas automáticas con silenciadores. Solo se escuchaba un ¡sum... sum... sum...! ¡sup... sup... sup...! Los casquillos y los cargadores eran los protagonistas verdaderos del ruido.

Cuadros, paredes, cristales, jarrones, yacían en pedazos a su alrededor, rociados con una lluvia de toda clase de fragmentos. El yeso de las paredes era atravesado constantemente de lado a lado dejando nubes de polvo en el aire. Entre tantos estallidos, Kelly podía escuchar sus propios gritos como si fueran proferidos por otra persona... y otra persona fue precisamente lo que vio ante ella.

Rachel —la seductora y sumisa Rachel, su joven amante—, había desaparecido para transformarse en una máquina mortífera. El falso lapicero de notas se expandió entre sus dedos, convertido ahora en una especie de estilete. De inmediato rodó por el suelo hacia uno de los tiradores, le aplicó alguna rara técnica marcial con sus pies derribándolo sobre la alfombra. Sin perder tiempo, le inmovilizó la cabeza contra el piso y le clavó el lapicero justo en la sien derecha. La muerte instantánea del comando no fue casual, comprendió Kelly, quien no salía aún del shock. Rachel estaba entrenada y sabía lo que estaba haciendo.

Kelly observó a otro de los hombres caer con la cabeza convertida en pasta de sangre y huesos. Al volver los ojos a Rachel, ella tenía en sus manos una pistola con un largo silenciador.

***

¡Primera prioridad! Un arma, necesitas un arma..., ya la tienes... prioridades... Salir con vida y con la información... ¡Prioridad! Salir con vida... ¡Prioridad! Sacar a tu informante...

El cerebro de la Medusa trabajaba como una maquinaria de muerte, priorizando y eliminando todo lo necesario para salir airosa de aquella situación. La adrenalina recorría cada milímetro de su cuerpo, provocándole un estado de éxtasis, mucho más placentero que cualquier orgasmo. Estaba entrenada para ese tipo de situaciones y nada iba a impedir que lo saboreara al máximo. No es que fuera una psicópata asesina, de eso no le cabía dudas, pero tantos años de adiestramientos extremos habían transformado su mente, solo tenía un objetivo y ese era vencer.

Sus rodillas y manos habían sido cortadas por los fragmentos de vidrios esparcidos por el piso, le dolían, pero no eran una prioridad. A toda prisa lanzó una ráfaga de abanico logrando que todos agacharan sus cabezas; fueron segundos, segundos convertidos en minutos para lograr su objetivo, el tiempo ineludible para que el fuego no se enfocara en ella, así consiguió llegar hasta Kelly, la agarró por la muñeca y la arrastró hacia la otra habitación.

Priorizar... ¡una salida! ¡Necesitas una salida de escape!

—Toma —le entregó la pistola a Kelly—, no dejes entrar a nadie por esa puerta.

—Yo no sé cómo usar...

—La sostienes así, solo tienes que apretar el gatillo y apuntar hacia adelante.

Kelly continuaba en shock y no coordinaba sus movimientos; la Medusa la miró con cierto desdén. ¿La quería? Quizás. Pero ahora no tenía tiempo para buscar respuestas, solo le molestaba que no supiera defenderse a sí misma.

Sin perder otro segundo, corrió hacia el baño.

Debajo del lavamanos, se encontraban —ocultos en un compartimiento secreto—, dos granadas y un subfusil MFG-9 con la forma de una linterna rectangular. El arma se abría como si fuera una especie de tijera, desaparecía la linterna camuflada para convertirse en una letal ametralladora.

—No dejes entrar a nadie —le gritó a Kelly.

***

¿Cómo mierda pasó esto?

Abner comprendió al instante que aquellos tres hombres armados con H&K G36C, arneses tácticos y una entrada tan espectacular, eran comandos de la HSI.

Solo tres... ¡Increíble! Si hubieran enviado una unidad completa ya nos habrían eliminado.

Uno de sus hombres estaba en el piso con la mitad de la cara hecha pulpa; fragmentos de huesos y cerebro se habían desparramado por toda la alfombra; otro tenía una especie de lapicero incrustado en su cráneo, y el resto de su equipo estaba atrincherado contra una de las paredes que daba a la puerta de salida. Ambos grupos quedaron atrapados contra las paredes, sin que ninguno cediera un centímetro.

Mientras tanto, en medio de toda la confusión, las dos mujeres habían escapado hacia otra habitación.

—Ve y atrapa a esas dos putas —le gritó Abner a Blackbeard—, yo te cubro.

El musculoso comando no esperó por una segunda orden. Para ser un hombre de doscientas veinte libras, la velocidad con que se desplazó dejó atónitos a todos en la sala. Uno de los comandos de la HSI salió de su escondite para cerrarle el paso, momento que Abner aprovechó para dispararle medio cargador. Sabiendo que su enemigo estaba protegido por un casco y un chaleco Kevlar, prefirió no correr riesgos. Primero le apuntó a las piernas. Tras varios disparos se escuchó un quejido (comprendió que una de las balas debió de atravesarle la pierna), tras desequilibrarlo no perdió un instante para pulverizarle la cabeza; la acción no demoró más de dos segundos, los suficientes para lanzarse contra el piso y sentir sobre su cabeza una lluvia de balas.

***

Dos granadas y el microscópico subfusil con forma de linterna, más tres cargadores, todo lo que necesitaban para lograr un escapar.

¡Sup...! ¡Sup...! ¡Sup...!

La Medusa escuchó tres disparos de pistola con silenciador desde la otra habitación... ¡Oh no...! ¡Kelly!

Dejando su arsenal sobre el lavamanos corrió hacia la habitación siguiente con la ametralladora lista para abrir fuego, pero llegó demasiado tarde.

...

Blackbeard entró en la habitación con la pistola lista para abrir fuego. Los tres disparos que recibió no lo tomaron por sorpresa, más la imagen de una hermosa joven completamente desnuda sí que lo coaccionó.

La mujer no dejó de disparar a pesar de que solo una bala dio contra el pecho sin causarle ningún daño gracias al chaleco. Sin perder el impulso se abalanzó sobre ella desarmándola con un simple movimiento.

— ¡Maldita perra! —Le gritó al mismo tiempo que le golpeaba sobre el mentón—. Querías matarme.

***

Kelly sintió su rostro fragmentarse en pedazos.

El puñetazo del gigante le había roto la mandíbula, el mundo se vino abajo cubierto por una neblina de dolor. Al caer al piso escupió coágulos de sangre, y algo más, tal vez algunos dientes.

Desde su rincón del piso podía ver claramente el pasillo que conducía al baño. Rachel corría por el estrecho corredor con una metralleta pegada a su hombro, ¡viene por mí!

Su campo de visión se amplió, solo para ver que al final del pasillo, oculto tras la pared, estaba el comando. Kelly quiso gritar para advertirla, pero apenas balbuceó un gemido.

Al salir el comando se abalanzó sobre Rachel, golpeándola varias veces hasta despojarla de la metralleta. Rachel intentó defenderse, pero su adversario era mucho más fuerte y contaba con el factor sorpresa. Sujetándola fuertemente por el cabello giró con todas sus fuerzas y como si se tratara de un muñeco de peluche la catapultó contra una de las paredes.

Kelly, entre gemidos y lágrimas, se arrastró hacia la esquina donde había caído la pistola. Cuando el gigante se percató de sus intenciones ya era demasiado tarde, Kelly sostuvo la pistola con ambas manos y esta vez sí apuntó antes de disparar.

***

Un grito de dolor resonó en la habitación.

Blackbeard reaccionó por puro reflejo, disparando tres veces contra la mujer.

Kelly..., ese era su nombre, recordó el comando al ver como la joven se llevaba las manos al pecho para cubrirse los tres agujeros de los cuales manaban incontrolables chorros de sangre.

Blackbeard rugió de dolor al ver sobre la alfombra su propia oreja.

— ¡La muy puta me arrancó...!

Pero no alcanzó a terminar la frase.

Como una serpiente venenosa se abalanzó sobre él la segunda mujer, pero esta vez no la pudo dominar pues ya había perdido el factor sorpresa. También se percató de que algo en ella había cambiado.

***

Tres disparos, dos en el abdomen y uno en medio del tórax, de seguro con perforación pulmonar. El análisis de la Medusa fue rápido y conciso: muerte inevitable.

Priorizar... sacar la información... eliminar el primer peligro... Dos pasos, agarre firme en la muñeca y desarme.

La pistola del comando voló por los aires.

Sorprendido por la técnica de Krav Maga, Blackbeard retrocedió tan rápido como pudo, comprendiendo que estaba ante una experta en artes marciales, pero la distancia solamente le sirvió para que su enemiga cambiara de estilo.

Con sus ciento treinta y cinco libras contra las más de doscientas que debía de tener el comando, la Medusa percibió que un combate a distancia era su mejor opción. Con la rapidez de un experto en uno de los estilos marciales más letales del mundo, el Muay Thai, Blackbeard observó impotente como aquella mujer completamente desnuda, usando solo su cuerpo como arma, le lanzaba dos patadas tan rápidas como látigos.

Ambos golpes impactaron en su muslo derecho con la fuerza de un batazo propinado por un jugador de béisbol de las grandes ligas.

***

Destruir la base de tu oponente… para luego acabar con su cabeza.

Dos patadas giratorias dirigidas con precisión quirúrgica impactaron en los cuádriceps femorales obligando a que su enemigo se doblara, impotente, hacia un lado. Este recargó todo su peso sobre la otra pierna para conservar el balance; pero la coreografía del Muay Thai era mortal, no dejaba márgenes de error. La Medusa hizo una rápida finta para luego golpear, con toda la fuerza de sus caderas, la rodilla de Blackbeard con una patada circular.

El comando gritó al sentir su rotula dislocarse.

Sin darle tiempo a caer al piso, la Medusa impactó su codo contra la nariz del mercenario, partiéndole el tabique nasal. Blackbeard cayó de rodillas sintiendo como se ahogaba con su propia sangre. El dolor le impidió coordinar cualquier movimiento, sus ojos lloraban incontrolablemente sin ver siquiera qué estaba sucediendo apenas a un metro. Su único error fue subestimar aquella "cosa" con piel de mujer. Cuando su vista se aclaró, la mujer le apuntaba a la cabeza con su propia pistola.

Ni siquiera pudo lanzarle una blasfemia.

***

—Aquí estoy...

Kelly se aferró a su mano sin comprender aún que eran sus últimos segundos de vida.

— ¿Quién eres? —fue su única pregunta.

Una leve convulsión seguida de un suspiro fue todo lo que su cuerpo pudo resistir.

—A veces hasta yo lo olvido... —un simple beso de despedida y una lágrima era todo lo que podía permitirse.

ADRIÁN HENRÍQUEZ

CAPÍTULO 10
EL PATRÓN DE LAS APUESTAS

Hacienda Los Tres Santos, Veracruz, México

Ulises Ordóñez miró durante varios minutos al niño que descansaba sobre un diván. No dijo una sola palabra desde que Sodoma entró por la puerta y lo depositó con tanto cuidado como si se tratase de su propio hijo. Aquella demostración de "ternura" por parte del asesino hizo que Ordóñez lo pensara mejor antes de manifestar un solo "pero".

Sodoma fue hasta el carrito bar y se preparó una bebida dulce —*una pinche Margarita; descuartiza a personas como si fueran ganado y en vez de tomarse un Tequila como un verdadero mexicano, viene y se prepara una Margarita*—. No obstante, el patrón se cuidó de revelar su sarcasmo.

—Bonitos sofás. Se nota el buen gusto de Berta.

— ¡Sí, muy lindos! Cada chingado sofá costó ocho mil dólares. —En la gigantesca sala habían más de doce sofás. Por alguna razón que escapaba a su entendimiento, su hija se había convertido en una mujer con apenas quince años. La joven había desarrollado una especie de instinto natural para estas cosas. Él ni se inmutaba con las decisiones que ella tomaba; lo que fuera con tal de que se recuperara del trauma de la violación—. Y no has visto las camas que encargó hace poco.

Durante un largo e incómodo silencio, los dos hombres escogieron hundirse en sus propios

97

pensamientos. Cada uno midiendo el peso de las consecuencias que podrían tener las siguientes palabras. Fue Ordóñez quien inició la conversación.

—Esto nunca fue parte del trato.

Ulises se aproximó a una caja edición limitada de Montecristo (un regalo de un general cubano durante una de sus últimas visitas a la isla), tomó uno de los tabacos y absorbió lentamente el aroma. Encendió el habano con la elegancia que debe encenderse una obra de arte y señaló al niño con el mechero.

—Exactamente, ¿qué quieres de mí?

—Que me lo cuides —Sodoma se acercó al sofá y acarició la cabeza del niño. Un mensaje que Ordóñez captó al instante. ¡Dios libre a quien toque a ese chavo!—. También quiero que me digas donde está La Llorona.

El patrón de las apuestas se removió incómodo, tendría que escoger con mucho cuidado sus siguientes palabras.

—Sabes que no puedo decirte eso. Sí llegaran a descubrir solo una pequeña parte de lo que he hecho...

—Ulises, ¿acaso no comprendes lo que está pasando? —Instintivamente Ordóñez miró a cada lado como si temiera que alguien los pudiese escuchar—. El cártel del Golfo no puede continuar esta guerra contra Los Zetas. De hecho, la están perdiendo y tú mejor que nadie lo sabes. Los Zetas cada día ganan más partidarios en el gobierno y controlan más plazas. Su expansión por toda la frontera de Guatemala es indetenible ¿Qué otras opciones les van quedando?

Ambos sabían cuál era la respuesta.

—Sí, es verdad, la Federación de Sinaloa es lo bastantemente fuerte como para enfrentarse a ellos, pero ese tipo de aliados no son gratis. Están usando sus puertos y plazas sin pagar un céntimo. ¿Cuánto crees qué esto va a durar para que den el siguiente paso?

Ordóñez volvió a removerse incómodo en su butaca, la conversación había llegado al punto que no deseaba ni siquiera en sus pensamientos. Pero estaba consciente de que no podía seguir asumiendo el truco del avestruz. El hecho de esconder la cabeza en un agujero y no mirar, no iba a conseguir que los problemas desaparecieran. Sodoma sabía que tarde o temprano la supuesta indiferencia del patrón de las apuestas se quebrantaría.

—Si Sinaloa continúa enviando su producto a través de Europa, usando sus puertos como trampolines sin tener que pagar un piso y expandiendo sus conexiones en Asia, España e Italia, ¿qué crees que sucederá?

—Lo inevitable —su propia voz le sonó lejana, y Ordóñez sabía reconocer la verdad. Peor aún, escondido entre el humo del tabaco pudo ver su propio futuro. *No pinta bien... nada bien.*

—El cártel del Golfo va a desaparecer, van a pasar a formar parte de la Federación sinaloense. Cuando eso ocurra, ya tú no le serás muy útil que digamos.

No, la verdad es que no sería para nada útil. Un estorbo en todo caso.

Sinaloa pasaría a lavarles el dinero al cártel del Golfo. Estos contaban con una de las redes de lavado más gigantescas del mundo. Comparado con la manera que aplicaba Ordóñez para limpiarle el polvo y la sangre a los dólares, su negocio sería como una casita de empeño compitiendo contra varios casinos de Las Vegas.

Tras varios minutos de silencio, el patrón de las apuestas entendió que tomaría una decisión que le cambiaría para siempre la estructura de su negocio.

—Muy bien, si te digo donde está La Llorona, ¿qué me darás a cambio?

—Tecnología, el mejor entrenamiento militar que puedes conseguir entre mercenarios elites. Excomandos americanos y fuerzas especiales de otros países. Armas modernas... y mi amistad.

Ordóñez sonrió y dejó escapar una boconada de humo. La amistad de Sodoma significaba mucho. Sus palabras y acciones podían voltear la balanza en una guerra entre cárteles. Él, mejor que nadie conocía el alcance de las conexiones del asesino. Tenerlo de aliado sí que cambiaría las apuestas. Aún así había algo que no acababa de encajar.

— ¿Todo eso por la ubicación de la Llorona?

—Así de simple.

Nada es tan simple en este negocio.

No, Sodoma no solo quería saber donde estaba aquella psicópata, también quería una guerra interna entre su propio cártel. Algo que por el rumbo que estaban tomado los acontecimientos sería inevitable, solo era cuestión de quién iba a dar el primer paso y Sodoma quería apoyar el bando que supuestamente podría ganar.

—Continúa en la mansión —por fin su propia voz le sonó segura, había tomado una decisión y no habría vuelta atrás—. La van a trasladar esta tarde a una clínica de máxima seguridad para personas con trastornos psiquiátricos.

A juzgar por la mirada de Sodoma, Ordóñez supo que acababa de facilitarle justo lo que necesitaba, solo faltaba un último detalle.

—También necesito una breve conversación con el invitado que te traje.

ADRIÁN HENRÍQUEZ

CAPÍTULO 11
ENTRENADA PARA ESCAPAR

Hotel Dream Tower

Alemania

Priorizar la información... la memoria flash está junto a la cama...

Para llegar a su objetivo necesitaría limpiar la sala —*nada sencillo*—, ya que en la otra habitación se estaba llevando a cabo una batalla entre comandos. Lanzar una granada sería correr el riesgo de que alguna esquirla destruyera la memoria, un error que no podía cometer.

Priorizar objetivos: recuperar la memoria..., necesito refuerzos.

Cada segundo contaba, por lo que cada acción requeriría a su vez una reacción a su favor. Del cinturón del comando sacó una navaja, le desgarró la camisa y le quitó el chaleco antibalas que llevaba puesto. No tenía tiempo para vestirse, eso no era una prioridad. Equipada con el chaleco, dos granadas y su minimetralleta, procedió con su plan de ataque.

***

Tanto Abner como el Alfa de la HSI quedaron sorprendidos al ver entrar en la sala a la hermosa joven equipada con un chaleco antibalas y un subfusil al hombro lanzando ráfagas a diestra y siniestra. Continuaba desnuda de la cintura hacia abajo.

Abner comprendió prontamente que Blackbeard estaba muerto. La joven había entrado con un simple objetivo: recuperar su bolso. Observó impotente como la mujer rodaba por el piso, lo recuperaba y regresaba a la habitación. En esos breves segundos, uno de los comandos de la HSI cayó al piso con un ojo perforado.

Quien fuera aquella mujer tenía un entrenamiento militar que superaba a todos en la sala. Abner, como buen táctico, lo intuyó de inmediato. Ella asumió un riesgo demasiado alto para recuperar aquel bolso, y eso solo podía significar que dentro estaba la información que necesitaban. A toda costa debía recuperar...

— ¡Granada! —gritó alguien.

Por el piso rodó un diminuto artefacto de forma cilíndrica, una granada de fragmentación con suficiente fuerza como para desmembrar a todos los presentes. Abner y los sobrevivientes de su comando se lanzaron hacia el pasillo del hotel. El Alfa tuvo menos suerte, pues no tuvo tiempo de conectarse los arneses...

La explosión lo lanzó por el balcón, junto con buena parte de la habitación.

***

La Medusa cayó dentro de la bañera, hecha un ovillo.

El estallido estremeció cada partícula del hotel. Miles de fragmentos cayeron sobre ella: polvo, cristales y yeso la cubrían de pies a cabeza. Las alarmas de incendio estallaron seguidas por los chorros automáticos de agua que inundaron completamente el piso. Entre alarmas y gritos de los clientes que corrían como locos por los pasillos intentando salir con vida, la Medusa se mostraba serena, estudiando cada situación para beneficiarse de sus reacciones.

Crear caos, elemento fundamental para lograr una fuga exitosa...

De su bolso extrajo el celular y marcó siete números, no esperó una respuesta, solo dejó que siguiera dando timbre.

***

El número se activó en la pantalla del operador.

Código rojo de extracción.

El agente Medusa había sido descubierto y estaba escapando en ese instante hacia el lugar de extracción. Un comando israelí integrado por cuatro soldados corrió hacia la furgoneta preparada exclusivamente para esa misión. Dentro poseían un arsenal a su completa disposición.

***

Una de las obsesiones ganadas por la experiencia del Mossad (para muchos el servicio de inteligencia más mítico del mundo), era dotar a sus agentes de lo necesario, y de lo innecesario. Por eso, la habitación donde se estaba hospedando la Medusa, la habían equipado de antemano con armas, un botiquín de primeros auxilios y una mina antipersonal Claymore. A diferencia de cualquier otra mina del mundo, la Claymore fue diseñada para lanzar un ataque direccional en un ángulo de sesenta grados, barriendo literalmente con lluvia de esferas metálicas todo el frente enemigo.

Un poco excesivo para usarla dentro de la habitación de un hotel, pero en ese momento a la Medusa le pareció el arma perfecta para detener a un comando, que seguramente aguardaba por ella al otro lado de la puerta.

Activando el sistema PRD (Dispositivo de Accionamiento por Presión), la Medusa prefirió la activación mediante un sensor infrarrojo. Quien cruzara por la puerta activaría la mina, siendo barrido al instante.

Usando el cuchillo que le había quitado al comando, procedió a arrancarle los pulgares a todos los cuerpos que yacían dispersos por la habitación.

Desde el pasillo escuchó los pasos del resto del comando que regresaban.

Ya viene.

Tomó el celular de Kelly y le tiró fotos a algunos de los rostros que aún eran reconocibles. Desde la puerta vio que alguien asomaba con precaución la cabeza. Le lanzó una ráfaga y después corrió hacia el extremo opuesto de la suite, en donde escogió una pared que ya de antemano le habían informado que podría utilizar como salida de emergencia extrema.

En la otra habitación el incauto comando cometió el error de entrar sin percatarse del sensor infrarrojo.

***

Abner se quedó en la esquina del pasillo, junto con dos de sus hombres; al primero le dio la orden de que penetrara a la habitación, mientras tanto ellos rodearían el corredor en caso de que la mujer intentara salir por otra de las puertas.

Fue entonces cuando toda la pared central del pasillo voló por los aires.

***

El comando dio un solo paso dentro de la habitación y comprendió, demasiado tarde, que el sensor infrarrojo había sido activado. Setecientas bolas de metal a más de mil doscientos metros por segundo atravesaron su cuerpo, las dos puertas que conectaban al pasillo y parte del ala este del hotel.

Si la primera explosión había puesto en estado de pánico al total de los huéspedes, la segunda creó un efecto apocalíptico. Cientos de personas se lanzaron en estampida por las escaleras y pasillos evitando los elevadores. Contantemente se oían las exclamaciones de: ¡terroristas!, ¡terroristas!

Abner se levantó del piso como pudo, tardó varios minutos en recuperar su audición. Desde muy lejos escuchó las ráfagas de una ametralladora.

— ¡Se está escapando! —le gritó a su hombre, que también comenzaba a reaccionar.

— ¿Qué?

—Que la mujer se está escapando por una de las paredes.

***

La Medusa disparó los dos cargadores que le quedaban contra la pared, haciendo que esta reventara en fragmentos de yeso y madera. Su coordinador le había explicado de antemano que aquella pared

107

no tenía fibras de acero ni láminas de hierro como soportes, simplemente dos finas capas de tablillas de maderas cubiertas por aislantes de sonido. Usando la base de una lámpara como garrote, terminó de abrir un agujero lo suficientemente grande como para cruzar a la otra habitación.

Recogió la pistola del comando que había anulado antes, dos cargadores extra y su bolso. Era lo único que necesitaba. Una vez que atravesó el agujero, fue hasta uno de los compartimentos del clóset y se cubrió con una bata de baño, luego salió al pasillo por el ala sur.

***

Entre la multitud pudo distinguir a dos de los comandos que acudían a su encuentro.

A empujones y golpes, la Medusa se fue abriendo paso hacia el otro extremo, pues los asustados clientes avanzaban contra ella como una gigantesca ola humana. Por fin logró llegar hasta la puerta metálica que comunicaba con el elevador privado de Steven Mcgregord, dueño del hotel y posible traidor.

Un formidable guardaespaldas custodiaba la puerta.

CAPÍTULO 12
FALTA DE PACIENCIA

Hacienda Los Tres Santos, Veracruz, México

En cuanto abrió los ojos y lanzó un vistazo a su alrededor, el Serbio supo que se encontraba en una sala de torturas, custodiado por dos guardias.

Cadenas con garfios colgaban de los techos, en una de las esquinas había una mesa repleta con toda clase de instrumentos para provocar mucho dolor. Alicates, cuchillos, martillos y sopletes; además, una serie de baterías con sus respectivas tenazas para darle sus buenos electroshocks en los testículos cerraban el decorado. Aquella habitación parecía sacada de una película barata; la escena era tan cliché que el Serbio se hubiese reído de no ser porque era él mismo el condenado.

Pusieron el menú y el plato especial de la casa soy yo... así que ándate con mucho cuidado.

***

Nadie nunca supo su verdadero nombre ni se interesaron en ello. Simplemente decidieron llamarlo el Serbio. Durante la segunda guerra de Chechenia, los rusos contrataron sus servicios para que los instruyera con sus magistrales técnicas de interrogatorio (los civiles temían tanto a su apodo que muchos eran capaces de hablar antes de que él entrara a la habitación); su fama lo convirtió en uno de los torturadores más temidos de la guerra... por ambos bandos.

Por eso él (a diferencia de aquellos imbéciles que lo miraban), sí que sabía conducir un interrogatorio. Para mantenerse alejado de las pinzas solo necesitaba hablar más de lo que ellos le pidieran, jugar con sus estúpidas mentes, no subestimándolos; pero sí proporcionándoles lo que necesitaban escuchar (y tenía mucho que ofrecerles), sobrevivir en cualquier guerra, régimen o cárteles dependía siempre del nivel de información que tuviese para canjear.

Poseer una buena base de datos, información que ayudara a cualquier bando, esa siempre fue su mejor técnica para sobrevivir, pues no era la primera vez que estaba amarrado a una silla de torturas. Ahora, de no tener la información que le pidieran —cosa que dudaba—, ciertamente iba a estar en problemas.

Así que la clave era sencilla; *hablar hasta por los codos y demostrarles que también soy su aliado.*

***

La puerta se abrió y entró el gordo más importante del cártel del Golfo. Nada menos que el mismísimo Ulises Ordóñez, el patrón de las apuestas. El Serbio recordó que al tipo le violaron a su única hija durante un mes, ¿y cómo se la desquitó? Pues mandando al sicario más famoso de los cárteles. Justamente el hombre que lo seguía.

Ahora recuerdo...

Sí, el Serbio recordó la docena de patadas que debieron partirle la mitad de sus costillas, de milagro no le partió también las vertebras de la columna.

Esto no pinta nada bueno.

Que Ordóñez entrara en aquella habitación mostrándole el rostro a uno de los hombres de confianza de Felipe Montero, solo significaba una declaración de guerra. De ser este el caso, pues no le quedaba otra opción que cambiar de bando lo más pronto posible. Facilitarles toda la información que le pidieran y mucho más.

Aquí lo importante es mantenerse alejado de las pinzas y los cuchillos.

— ¿Hablas español? —le preguntó Sodoma.

—Perfecto —su acento era inconfundible, pero su español excelente.

— ¿Sabes escribirlo?

—También lo escribo perfecto, una de las ventajas de...

—...muy bien —le interrumpió Sodoma—, entonces no vamos a necesitar que hables.

El gigante fue hasta un botiquín y agarró una jeringuilla. La llenó de un líquido misterioso y la puso sobre la mesa de tortura. Después buscó una libreta y un lápiz, por último, sacó de su bolsillo un Brass knuckles (un puño de hierro, o puño americano, entre los latinos conocidos como *manopla*), no importaban los nombres, el resultado siempre era el mismo. Sodoma introdujo sus enormes dedos en la manopla... cuatro anillos de acero soldados entre sí con una base hecha a la medida de aquella descomunal mano. El Serbio comenzó a asustarse. Pero se repitió a sí mismo que no podía mostrarse nervioso, la pregunta no iba a tardar en llegar, y no se equivocó.

***

—No tengo mucho tiempo y necesito respuestas rápidas. Sobre todo, la verdad. Necesito que de cada pregunta me digas la verdad, o...

— ¡Lo que sea! —Se apresuró a decir el Serbio—. Tú solo pregun...

Los cuatro nudillos de acero impactaron contra la mandíbula del Serbio sin que este, los guardias, o el mismo Ordóñez se lo esperaran. El crujido de los huesos hizo que los presentes retrocedieran; por un momento Ulises llegó a creer que el puñetazo le había arrancado la cabeza al pobre hombre, aunque poco faltó. Dientes y astillas de huesos salpicaron la pared. La mandíbula quedó destrozada; partículas de huesos salieron de la piel. El Serbio se desmayó al instante.

Sodoma le puso una baja dosis de Lidocaína (lo suficiente para calmarle el dolor), usando sales de reanimación volvió a despertarlo. Al momento la habitación se impregnó de un olor inconfundible: se había orinado, posiblemente cagado también. Sodoma quitó las mordazas de las manos y le puso la libreta con el lápiz. Las manos le temblaban tanto que en varias ocasiones tuvo que recogerle el lápiz del piso.

— ¿Dónde está la cubana?

Con manos temblorosas, entre gemidos y un ruido extraño que provenía de su garganta y que todos pensaron debía de ser algún tipo de suplica, la víctima escribió:

No lo sé... pregúntame...

112

Sodoma le quitó el papel y el lápiz y los puso sobre la mesa. Agarró una tenaza y le sujetó la cabeza. Usando la tenaza le atrapó un trozo de hueso de la mandíbula, lo haló con tanta fuerza que le arrancó parte de la encía inferior junto con el labio. El torturado volvió a perder el conocimiento, por lo que Sodoma tuvo que ponerle esta vez una dosis mayor.

Uno de los hombres de Ordóñez se volteó para vomitar.

Ha de ser nuevo... pensó Sodoma.

Esperaron unos segundos para que la inyección hiciera efecto.

— ¿Dónde está la cubana?

El Serbio apenas pudo sujetar el lápiz.

No sé... la llevaron... a barco Veracruz... a yate... hoy la entregan a cubanos...

— ¿Dónde está la cubana?

El hombre rompió en llanto negando con la cabeza. Escribió varias súplicas y una vez más dijo no saber, pero que poseía mucha más información.

—Te creo.

Sodoma sacó su Beretta y le pegó un tiro justo donde antes había estado su ojo derecho. El agujero que quedó en su rostro fue tan grande que una pelota de béisbol hubiera podido fácilmente transponerlo de lado a lado.

—Yo le creí... ¿y ustedes?

Ordóñez movía la cabeza, sin saber exactamente qué decir.

—Ese hombre poseía mucha información, hubiera podido sernos muy útil.

—Lo sé.

—Y entonces, ¿por qué cojones le volaste la cabeza?

—Porque él sabía que tú querías esa información. No te preocupes, lo que necesites saber solo pregúntame... pregúntame...

¡Mierda! De regreso al plan B.

A Sodoma no le agradaba su plan B, pero no le quedaba otra opción.

CAPÍTULO 13
TRAICIÓN Y VÍA DE ESCAPE

Hotel Dream Tower
Alemania

Cuando la primera explosión estremeció el hotel, Mcgregord comprendió que algo había salido mal. Ahora no tenía tiempo que perder, necesitaba escapar cuanto antes de aquella ratonera que acababa de convertirse su hogar.

—Pero, ¿qué pudo haber pasado? —preguntó su mujer mientras se vestía con su bata de seda.

Mcgregord hubiera querido apretarle el cuello.

—Maldita seas, mujer ¡Te pedí que no te cambiaras de ropa esta noche! —El magnate hotelero se dirigió a la habitación de los niños—. Vamos, chicos, de pie. Precisamos salir de paseo.

Una rubia de ojos adormilados, pequeña, lo miró sin entender nada. Mcgregord cargó a su hija de seis años y tomó de la mano a Stefan, el mayor de sus tres hijos. La madre ya había cargado al bebé.

—Pero, ¿no vas a recoger...?

—No, directo al elevador.

Sin esperar otra réplica de su esposa, Mcgregord salió de la pent-house llevando consigo solo un teléfono celular.

A menos de ocho metros de la puerta estaba su elevador privado, el cual conectaba directo con el parqueo del hotel. Mientras avanzaba hacia su guardaespaldas, cayó en cuenta de que una hermosa joven en bata de dormir se acercaba a ellos.

***

Todo ocurrió tan de prisa que apenas tuvo tiempo de reaccionar. La chica, quien había salido prácticamente de la nada, disparó contra el pecho y las piernas de su guardaespaldas. El guardia se derrumbó llevándose las manos a los muslos.

—¡Por favor! ¡Por favor! ¡No dispares! —Le gritó Mcgregord a la joven modelo—. Tengo dinero... te pagaré.

—Tienes un elevador privado, es lo único que necesito, pon el maldito código.

Mcgregord reaccionó automáticamente. Comprendió de golpe que aquella joven sabía exactamente lo que quería, peor aún, conocía cuál era su vía de escape.

—Todos adentro —les ordenó la joven en cuanto se abrieron las puertas. Mcgregord miró a su guardaespaldas; este intentaba torpemente ponerse de pie—. No te preocupes por él, llevaba puesto un chaleco. Ahora, ¡acaba de cerrar las malditas puertas!

Como confirmación a tal premura, desde el final del pasillo Mcgregord vio aparecer a dos hombres portando ametralladoras.

—¡Oh Dios!

***

Abner pudo lanzar varias ráfagas, pero las puertas blindadas del elevador lograron detener los proyectiles.

—Se dirigen al parqueo. ¡Rápido, por la escalera de emergencia!

***

—¿Qué está pasando? —Gimió la esposa del magnate.

—Muy buena pregunta, no lo sé realmente, ¿qué está pasando Steven Mcgregord?

El magnate miró horrorizado a la hermosa modelo, letal, pero muy hermosa, de eso no le cabían dudas.

—¿Eres tú?

—Así es. Se supone que mis jefes te pagaron muy buena suma solo por mantener mi anonimato. También se suponía que era una habitación segura. Mmm, demasiadas suposiciones. ¿No crees? Entonces, dime tú qué está pasando Mcgregord.

Cuando las puertas del elevador se abrieran, la Medusa contaba con que la furgoneta de extracción estuviese aguardando por ella, pero aún disponía de unos preciosos segundos para aclarar algunas dudas.

—Yo solo...

—Acabo de hacer estallar una granada y una mina antipersonal en tu precioso edificio. El personal de mantenimiento va a encontrar más de cinco cuerpos hechos pedazos. Oh, eso sin contar uno que voló por el balcón —la esposa de Mcgregord palideció tanto que su esposo tuvo que sostenerla para que no cayera al piso—. Simplemente, limítate a responder mi pregunta y me ahorrarás el momento incómodo de volarte la tapa de los sesos frente a tus hijos. ¿Quién te pagó?

La joven, a pesar de su hermosura, dejó bien claro su punto. Varias cortaduras en su rostro eran prueba suficiente de la veracidad de sus palabras; también los nudillos y pies le sangraban. La pistola con su largo silenciador conectado, apuntándole, fue la gota que rebosó la copa.

Mcgregord, como todo buen magnate especializado en cerrar negocios en situaciones de alta tensión, sabía leer a las personas. Aquella mujer quizás no lo matara, pero no se libraría de recibir varios disparos en una pierna. Él no estaba dispuesto a soportar ese dolor.

—Nikita Sokolov.

El nombre hizo que la modelo apretara su mandíbula para contener sus emociones.

—¿Cómo sabes que era él?

—Por uno de sus hombres, un gigante nórdico. ¡Fue muy claro en su mensaje! Todos lo conocen, discúlpame, pero no quería poner en riesgo a mi familia.

Demyan... el Domador, la mano derecha de Sokolov. Un hijo de puta buscado en más de catorce países.

Aquello no tenía sentido ¿Por qué enviar a todo un comando para efectuar una simple captura? Cada pregunta la conducía a otra. *Sabiendo incluso que contaba con escoltas, ¿por qué prefirieron capturarnos vivas? Solo hay una explicación...*

Necesitaban comprobar cuánto sabía ella, pero, sobre todo, asegurarse de que la información que Kelly le facilitó no llegara a su destino. La Medusa arqueó una ceja al descubrir algo sorprendente. Caminó dos pasos y acercó su rosto al de la esposa de Mcgregord, tanto que sus pestañas casi se rozaron.

—¿Qué base usas?

—¿Qué...?

—¿Qué tipo de maquillaje usas? La base hace juego con tu piel, es líquida, pero no sobresale. — Mcgregord sacudió la cabeza sin entender lo que estaba sucediendo. Sin embargo, su esposa parecía relajada, como si estuviera charlando con una vieja amiga.

—Pues... mmm, una edición especial de la Shiseido.

—Que bien, yo uso una base de Chanel...

—¡Oh no! Error, tienes una piel muy bronceada, deberías usar la base líquida de Estee Lauder, es de las mejores.

Una voz computarizada anunció el número del piso, habían llegado al parqueo. La puerta se abrió y la Medusa se despidió con un simple gesto. Mcgregord observó como la joven corría por entre los autos hacia una furgoneta de la que se acababa de bajar un grupo de hombres armados hasta los dientes.

***

—Salgamos de aquí cuanto antes —le ordenó la Medusa al jefe del grupo—. El resto de un comando viene...

Sup... sup...sup...

Una ráfaga de metralleta impactó contra la furgoneta. Uno de los proyectiles alcanzó el cuello del hombre que estaba muy cerca de la mujer.

—¡Adentro! ¡Adentro! —Ordenó el jefe del grupo—. Cúbranle la herida.

Perforación de la carótida, nada que hacer.

La Medusa sabía que no había forma de salvarlo, pero prefirió no procurar su diagnóstico al ver como los compañeros del moribundo se esforzaban en vano por contener la hemorragia.

***

Abner observó, impotente, como la furgoneta se alejaba a toda velocidad con su objetivo dentro. La misión había sido un fracaso con letras mayúsculas y, por si fuera poco, había perdido más de la mitad de su comando ante una mujer desnuda.

—¿Cómo mierda le voy a explicar esto a Sokolov?

Su compañero se encogió de hombros.

CAPÍTULO 14
EL HOBBIT

Piso franco del Mossad.

Alemania

La Medusa apenas tuvo tiempo para cambiarse de ropa.

En el piso franco donde se encontraba, fue atendida por un médico. Este se encargó de ponerle vendajes a las heridas producidas por los cortes de los vidrios y le recetó varios relajantes musculares. Ninguno de los cuales tomó. Una de las enfermeras entró con un paquete de ropa para ella.

—Samael acaba de llegar —le dijo la enfermera mientras la ayudaba a vestirse.

La Medusa asintió con simplicidad, ni por un instante soltó la memoria flash que tenía en su bolso. La información que contenía les costó la vida a excelentes soldados y a una de sus informantes más valiosas. Fue sacada de sus reflexiones cuando la puerta se abrió por segunda vez y en esta ocasión entró Isaac, la única persona que sería capaz de jugarse, incondicionalmente, la vida por ella.

—¡Sí que armaste una buena! —Isaac, conocido en el mundo del espionaje como el Hobbit, hacia todo lo que estuviera a su alcance para rendirle homenaje a su apodo. Medía un metro cuarenta y usaba unas gigantescas patillas que lo convertían en una versión barata de Bilbo Bolsón—. Allá afuera hay una comisión reunida pidiendo tu cabeza en bandeja de plata.

Esa advertencia no la sorprendió.

—¿Qué querían que hiciera?

—Pues, para empezar, no haber destruido la mitad de uno de los hoteles más famosos de Alemania. En estos momentos la noticia está en todas las cadenas del mundo, en primera plana.

—Es que no lo puedo creer. ¡Tienes idea...!

—No, no tengo idea y quienes esperan en la sala de reuniones tampoco la tienen. Pero no les interesa, tú mejor que nadie sabes de buena tinta que quieren sacarte del juego.

Sí... de eso no me cabe la menor duda.

A pesar de que el Mossad era considerado uno de los servicios de inteligencia más temidos del mundo, este no era más que un grupo de machistas que no soportaban la idea de recibir órdenes de una mujer, y más aún si esa mujer era dueña de un par de tetas majestuosas. Aunque la Medusa también contaba con poderosos aliados, y uno de ellos lo tenía de frente.

El Hobbit era una leyenda viviente dentro del mundo del espionaje. No es que fuera el mejor espía, simplemente contaba con una de las redes de informantes bancarios más poderosas del mundo. Su gigantesca network estaba formada por un ejército de hackers especializados en entrar y salir hasta de los bancos con mejores defensas cibernéticas sin dejar rastros. Estos súper genios del ciberespacio respondían únicamente a sus disposiciones. Por eso dentro de los servicios secretos le temían y respetaban, a fin de cuentas, todo buen espía siempre posee una pequeña fortuna escondida en algún banco del mundo. Tener al Hobbit de enemigo no era una buena opción.

—Créeme que no me quedaba de otra.

—Espero que la información haya valido la pena.

—También lo espero.

La puerta volvió a abrirse y la enfermera que le trajo la ropa entró para anunciarle que dentro de media hora Samael deseaba reunirse con ella, pero antes lo haría con Isaac.

—Perfecto —murmuró el Hobbit en cuanto la enfermera salió. De su portafolio sacó una laptop y extendió su mano para que la Medusa le diera la memoria flash. Ella se la entregó al instante. Mientras los archivos comenzaban a cargarse, la miró detenidamente y dejó escapar un largo suspiro—. Muy bien, ahora cuéntame qué demonios pasó en esa habitación.

ADRIÁN HENRÍQUEZ

CAPÍTULO 15
ORGULLO Y HUMILLACIÓN

Piso franco del Mossad.

Alemania

Desde que Isaac entró en la habitación supo que su amiga estaba en problemas… ¡Perfecto! Todo el coliseo reunido para que el César sacrifique a su mejor gladiador.

Mientras tomaba asiento, su mirada se cruzó con la de Samael, jefe de la estación de inteligencia destinada a Alemania. El hombre no disimuló su desprecio. Al observarlo detenidamente, intentaba predecir sus propósitos. No había que ser experto en psicoanálisis para leer en las expresiones corporales de Samael: indudablemente, quería sacrificar a algún peón… *en este caso, la Medusa.*

De alguna manera Samael pareció anticiparse a sus pensamientos, pues desvió su mirada hacia el resto de los reunidos en busca de apoyo.

Isaac quedó frente a tres de los miembros de más alto rango del servicio de inteligencia israelí en Europa: Asaf Bel, Yosef Graf, y Samael, este último convocó a los otros dos para adoptar acuerdos sobre la base de los acontecimientos ocurridos; pero asimismo para que Asaf y Yosef le cubrieran la espalda. Samael nunca tomaría una decisión que afectara los intereses de Israel, y en especial, sus intereses mismos.

—¿Tienes idea de la situación que acaba de crear

la agente Medusa? —le preguntó Samael.

Todos los presentes en la sala estaban conscientes de que Isaac, el temido Hobbit de las computadoras, era el representante oficial de la Medusa, enviado desde Tel Aviv. Por su parte, sin prestarle mucha atención a las palabras de Samael, Isaac sincronizó su laptop a la pantalla que pendía de la pared. Puso una carpeta sobre una de las mesas y solo entonces fue que se dignó a observarlos.

—Ahí está toda la información, detalle a detalle de lo que sucedió en la Dream Tower.

—Ya estamos al tanto de lo sucedido en la Dream Tower —se apresuró a añadir Samael—. Nuestra "chica prodigio" incurrió en una serie de deslices que le costaron la vida a cuatro de mis mejores agentes.

—Un momento, hasta donde tengo entendido, tus agentes formaban parte de la escolta de la Medusa. ¡Ella ignoraba dónde estaban!

—Yo recibí la llamada —intervino Asaf. En teoría, los hombres que fallecieron estaban bajo sus órdenes—. Ella llamó para pedir un equipo de escoltas en lo que se suponía iba a ser un intercambio básico de información, una entrega y punto. Mis hombres no tuvieron tiempo de establecer un perímetro seguro. Según ella, se trataba de un simple intercambio. Aunque resultó que el intercambio se extendió hasta una ducha, y después a la cama...

Isaac comprendió que aquellos imbéciles no tenían ni idea de lo que pasó en la habitación, peor aún, sabiéndolo, necesitaban culpar a alguien para cubrir sus espaldas. Hasta el momento Yosef no había intervenido, pero a juzgar por su postura, estaba a punto de decir algo. El Hobbit decidió que ya había escuchado suficiente.

—La misión estaba comprometida desde el principio. —Antes de que Samael volviera a intervenir, Isaac prosiguió—. Dos comandos entraron en la habitación, uno por la puerta principal y otro por el balcón.

En la sala, los hombres se miraron entre sí, y antes de que alguien más hablase, se dedicaron a escoger cuidadosamente sus siguientes palabras.

***

Samael era un nombre judío con muchas traducciones, desde el ángel de la muerte, hasta el príncipe de los demonios. Sam, como muchos lo solían llamar, le rendía culto al origen de su nombre. Con más de cuarenta años dedicados a la lucha contra los enemigos de Israel, sus modales no se habían suavizado.

Para Samael, una mujer era el mejor elemento para ser utilizado como espía, siempre y cuando se le tratara como a una prostituta. Durante los años ochenta y noventa su red de espías femeninas logró extraer tanta información de altos miembros del partido comunista ruso, gracias al talento de las caderas contratadas. Muchas de aquellas mujeres desconocían que estaban trabajando para el Mossad, y ese era, precisamente el punto. El mejor espía es el que no sabe para quién trabaja.

Si alguna de aquellas mujeres era capturada (como muchas veces ocurrió), él simplemente le daba la espalda y le deseaba lo mejor, lo cual significaba una muerte rápida y poco dolorosa.

Pero las cosas han cambiado demasiado, ya no son lo que solían ser... A Samael le vino a la memoria un nombre: Kidon.

***

El Kidon era el departamento del Mossad especializado en seleccionar soldados de las fuerzas especiales israelitas por que formaran parte de uno de los grupos de homicidas más temidos de todos los tiempos. De muchas misiones llevadas a cabo por esta elite, quizás la más famosa fuera la Operación Cólera de Dios, en la cual tomaron venganza contra a cada uno de los participantes en la masacre de Múnich.

Samael se sintió orgulloso de esta organización hasta que fue creado el Proyecto Medusa. Desde entonces el juego cambió para siempre.

Aquella mujer (miembro del Kidon), representaba todo lo que él odiaba. Era una máquina asesina, entrenada por los mejores comandos de su país. Si la función de esta máquina se hubiera limitado a pegarles un tiro en la cabeza a los enemigos de Israel, pues él estaría más que satisfecho con los resultados. Pero ella iba más allá de esa simple tarea.

Por mucho que se negara a admitirlo, la Medusa lo intimidaba. Su sola presencia en una habitación lo ponía tenso y en estado de alerta. Cada una de las misiones que le encomendaban era superada; la maldita mujer ya tenía una red de espías más influyente que la de él mismo. Y los comentarios sobre ponerla al frente de una estación empeorarían la situación. Desde su punto de vista y el de algunos como él, el riesgo era demasiado alto. La Medusa se acostaba con los objetivos, les sacaba información de mil maneras; pero, ¿qué ocurriría si la capturaban? Ella era el verdadero peligro. Conocía demasiados nombres, lugares, casas seguras. ¿Cómo los altos mandos del Mossad no de daban cuenta de eso?

Ahora es mi turno... pensó Samael con cierto grado de satisfacción.

Al fin la Medusa estaba en la mira. Uno de los mejores aliados de Israel, el magnate Steven Mcgregor, quien les permitió montar sus operaciones en una de las habitaciones de su famoso hotel, había huido hacia su villa en Italia. Y con toda la razón del mundo. El hotel y su reputación habían quedado devastados. Demorarían años para que figuras internacionales volvieran a hospedarse en sus habitaciones. Y cuando el Mossad volviese a pedirle un favor, sabrían de antemano cuál iba a ser la respuesta.

Es tiempo de poner a esa mujer en su lugar.

***

El Hobbit se preparó para la embestida, acomodó sus gafas de topo y miró directamente a cada uno de los "jueces".

—Cuatro de los mejores hombres de esta unidad fueron eliminados —Samael comenzó el ataque—, sin contar los civiles. El daño causado a la Dream Tower es irreparable.

Yosef carraspeó y por primera vez usó la palabra.

—Hasta donde sabemos se trataba de una simple misión, un intercambio de información, eso fue lo que dijo la Medusa. Entonces, ¿cómo es posible que el hotel haya terminado como una zona de guerra? —Una breve pausa hizo que los presentes comprendieran la magnitud de lo que estaba pasando, habría muchas preguntas que responder—. Los aliados prácticamente piden... exigen información de lo que está aconteciendo.

El mismísimo director de la CIA había llamado a Yosef para preguntarle si tenía alguna idea de lo ocurrido.

—Isaac, te respeto y comprendo que tu objetivo es ayudar a la Medusa, pero tienes que comprender que esta vez la chica prodigio metió la pata.

Isaac solo hizo un gesto afirmativo con la cabeza, mas prefirió mantenerse callado.

—Según mis fuentes, un comando, no dos... un escuadrón de asesinos profesionales entró en el hotel. Su objetivo era capturar a las mujeres, específicamente a la Medusa —Asaf tomó el control de la conversación exponiendo todos sus puntos—, esto solo significa que ya su objetivo como agente encubierta se ha convertido más en un problema que en una solución. Si la hubieran capturado... prefiero ni pensar en el daño que nos pudo haber causado.

—Eso, sin mencionar que hemos intentado localizar a Steven Mcgregor, pero no nos responde las llamadas. Y con toda la razón del mundo. Tendremos que enviar a alguien para pedirle una disculpa. —Samael calló en cuanto vio una sonrisa cruzar por el rostro del Hobbit. Sintió una sensación extraña, quizás lo mejor fuera callarse... aunque ya era demasiado tarde. En el rostro de Isaac apareció una máscara de triunfo.

¡Maldito enano! Nos dejaste hablar desde el principio para ahora hacernos tragar nuestras palabras. ¿Qué sabes que no has dicho?

***

El Hobbit se reacomodó las gafas mientras dejaba escapar su sonrisa de triunfo. Al fin los tenía justo donde quería. A juzgar por su expresión, todos en la sala comprendieron que una parte de la historia fue omitida por sus fuentes.

—Tienes toda la razón, Samael. Necesitamos ponernos en contacto con Steven Mcgregor, pero para pegarle un tiro entre las cejas. —Los rostros de los "jueces" se pusieron tensos al comprender que habían hablado más de la cuenta. Asesinar a Mcgregor no era cualquier acto que se hiciera a la ligera—. Asaf, no fue un comando, fueron dos. Y la Medusa acabó con ellos, aunque en el esfuerzo casi destruye el hotel.

—Según mis fuentes… —comenzó a defenderse Asaf, pero Isaac lo silenció con un gesto.

—… tus fuentes no saben de lo que están hablando. —Isaac abrió la carpeta que había puesto sobre la mesa y les entregó varias fotos de los comandos que efectuaron el asalto. Junto a las imágenes estaban sus datos—. La Medusa eliminó a la mayoría de los dos comandos. Y antes de salir de la habitación le tomó fotos a los rostros que aún eran reconocibles, también les arrancó los pulgares.

Yosef miró a Samael con chispas en los ojos. Como todo estratega político especializado en sobrevivir en el mundo del espionaje internacional, el viejo espía comprendió que por la influencia de su "socio",

131

habló más de lo necesario. Un error que nunca había cometido en su carrera, ahora aquel enano con anteojos de topo se lo estaba restregando en el rostro.

—El comando que entró por el balcón pertenecía a la HSI —por las expresiones de Yosef y Asaf, el Hobbit supo que estos querían hervir en aceite a su compañero; por su parte, Samael transformó su semblante en una máscara de porcelana—. El otro comando estaba bajo las órdenes de Nikita Sokolov.

Aquello fue una bomba de emociones. La temperatura en la pequeña sala pareció subir unos cuantos grados. Sokolov estaba en la lista de los diez principales enemigos de Israel. Era uno de los traficantes de armas más buscado por el Mossad, y contaba con el apoyo absoluto de los rusos, sus principales abastecedores. Asaf y Yosef se movieron incómodos en sus respectivas sillas mientras que Samael, dejando a un lado su orgullo se ponía con todos sus sentidos en los acontecimientos. Una cosa era sacar a la Medusa de las operaciones de campo, enviarla de vuelta a Tel Aviv para que trabajara tras un escritorio o en algún campo de entrenamiento para putas elites, y otra muy diferente es que el mismísimo Nikita Sokolov estuviera siguiéndole la pista.

Antes de tomar una decisión, Samael necesitaba corroborar toda esa información.

—¿Cómo sabes que el comando pertenecía a los hombres de Sokolov?

El Hobbit no tardó en responder.

—La Medusa le puso una pistola en la frente a Steven Mcgregor —los tres "jueces" se miraron con odio y desprecio, solo que esos sentimientos iban lanzados hacia un hombre. Isaac supo en ese instante que los días de Mcgregor estaban contados—. Y para la pregunta que todos se hacen desde hace rato, la respuesta es la siguiente: los hombres de Sokolov no estaban tras la Medusa, sino intentando capturar al informante de ella. Bueno, capturar no sería la palabra exacta, más bien intentando eliminarla y en el proceso evitar que pasara la información que robó de la HSI.

Isaac señaló su laptop y comenzó a pulsar varias teclas.

—¿Qué información intentaban evitar que se filtrara? —Preguntó Yosef. Por respuesta, en la gran pantalla de la pared apareció una imagen que todos reconocieron al instante—. ¿El Shadowboy?

Por un instante el tiempo casi se detuvo en el interior de la habitación. A medida que Isaac continuaba pasando imágenes todos fueron alargando sus cuellos hacia la pantalla. Las imágenes mostraban claramente a una de las leyendas del espionaje internacional, uno de los personajes más famosos de todos los tiempos. El mítico Heldrich aparecía haciendo su entrada en un aeropuerto de España. Era un anciano que debía rondar los ochenta y tantos años. Pero la elegancia de su porte, y su aspecto aristocrático, eran inconfundibles.

—¡No puede ser! —murmuró Samael. Él, al igual que el resto, permanecía en shock—. Esto no tiene sentido.

—Tiene todo el sentido del mundo —le aclaró Isaac. Para demostrárselo abrió otra carpeta, en ella aparecieron cinco rostros familiares—. Recuerdan el comando de la HSI que fue enviado a Cuba.

Todos asintieron sin decir una palabra.

—Solo uno regresó. Giovanni, el Italiano —ellos conocían perfectamente al mercenario. Un playboy con instintos asesinos—. El resto del comando, pues al parecer no salió muy bien parado de su encuentro con Heldrich.

Durante una larga pausa, cada uno se sumergió en sus propios pensamientos, analizando las ramificaciones de lo que aquello representaba. Tras varios minutos, Samael decidió que era momento de tragarse su orgullo y posponer la humillación de la Medusa para otro momento. Los nuevos acontecimientos opacaban lo ocurrido en la Dream Tower. Si Nikita Sokolov había localizado la pista de uno de los espías más peligrosos y escurridizos del mundo (quien en una ocasión fue un aliado de Israel), solo significaba que el anciano disponía aún de información muy valiosa. Pero lo más importante, quizás hubiera alguna manera de poder acercarse a Sokolov a través de Heldrich.

—¿La Medusa vio esta información? —Le preguntó Samael al Hobbit, y este afirmó con la cabeza—. ¿Toda?

—No, solo las primeras fotos y algunos datos del expediente.

—Perfecto, llámala para que lo vea con nosotros —El Hobbit se apresuró a teclear en su celular. Mientras tanto, Samael miró a sus colegas quienes comprendieron que la situación acababa de cambiar, lo que comenzó como un intento de culpar a un espía se había convertido en una carrera contra reloj para montar una nueva misión. Aquello iba para largo—. Pidan algo de comer y ordenen café.

En ese momento la puerta se abrió y Samael quedó frente a la mujer más guapa y peligrosa que hubiera visto en su vida.

—¿Me llamaron? —Preguntó la Medusa a la par que entraba en la habitación con pasos seguros y conscientes de que los ojos de sus tres "jueces" estaban fijos en sus sensuales tetas.

—Creo que los caballeros aquí presentes estaban a punto de pedirte una disculpa —agregó Isaac con el tono más sarcástico que le fue posible—, aunque me parece que prefieren invitarte a un café.

La Medusa sonrió mientras tomaba asiento sin esperar una indicación.

—Me encanta, soy una adicta a la cafeína. Y entonces, ¿cuándo empezamos con la nueva misión?

Samael no se molestó al ver como la mujer iba tomando el control de la sala. Lo que tenía planeado para ella lo haría reír más tarde.

ADRIÁN HENRÍQUEZ

CAPÍTULO 16
PLAN B

Langley, Virginia (Cuarteles Generales de la CIA)

Jimmy tomó asiento en una de las habitaciones más pequeñas y peligrosas del mundo. Medía apenas seis metros de largo por cuatro de ancho. Su pequeño reino había sido apodado de muchas maneras, pero fue el propio Sodoma quien lo bautizó como *Cerebro*. Al igual que el profesor Charles Xavier, con su casco especial y sus poderes telepáticos para localizar a cualquier humano o mutante alrededor del mundo, Jimmy Scott contaba con los poderes tecnológicos para hacer algo bastante parecido.

Su verdadero nombre era The Control Room, a simple vista solo podría comparársele con la cabina de una nave espacial. No existía un rincón de aquellas paredes que no tuviese un teclado, un ordenador, una pantalla o mandos para pilotear drones. En ese mismo instante, tres pantallas mostraban imágenes en directo de un drone y dos satélites.

Scott se instaló una especie de casco con dos enormes audífonos y un micrófono. Justo en ese momento acababa de interceptar los celulares de los guardaespaldas de La Llorona, estos terminaron de coordinar el plan para trasladar a la hija de Montero.

—Están listos y van a salir —hizo un zoom al lente del drone que sobrevolaba la mansión Bacanales para obtener una mejor imagen. Vio dos GMC y una Nissan Titan que se pusieron en movimiento—. El paquete va dentro del GMC del medio.

—Recibido —confirmó Sodoma.

***

El viejo Búho contuvo la risa al ver como aparecía en la pantalla un Toyota Cruiser. El vehículo llevaba hasta las llantas pintadas de negro; se detuvo en la única curva del camino. El lugar era ideal para una emboscada. En cuanto a la seguridad del asesino, esa era una característica que Jimmy conocía perfectamente. No necesitaba cerciorarse de antemano para saber que el Toyota debía de tener varias capas de blindaje. La puerta se abrió y un gigante vestido como un Power Ranger se puso en posición de combate usando el capó como su escudo personal.

Desde el monitor, el viejo espía observó cómo los tres autos se iban acercando a la emboscada. Después miró a Sodoma, en esta ocasión no vio al famoso sicario, sino a Julian Hunter, el ex Delta Force. Aquello no le gustó. Sodoma era un asesino, siempre actuaba bajo muchos riesgos, aunque era extremadamente cuidadoso. Pero a juzgar por la manera en que se estaba moviendo, por cómo iba vestido y las armas que había escogido, le demostraron lo que hubo sospechado desde un principio. Algo lo había cambiado drásticamente en esa última misión.

Se lo está tomando muy personal.

Para nadie era un misterio que la CIA contaba con asesinos profesionales. Hombres y mujeres entrenados en el arte de matar sin dejar huellas. Lobos solitarios que operaban en todas partes del mundo dejando un rastro de cadáveres imposibles de detectar. Con venenos, creando escenas de suicidios o accidentes que premeditadamente evitaran la atención de la prensa internacional.

Jimmy Scott tenía su propia lista donde entraban varios de los mejores asesinos bajo las órdenes de la CIA. Uno de ellos (sin dudas el mejor), era Julian Hunter. Aunque la realidad es que Hunter era una excepción. A diferencia del resto de aquellas máquinas humanas entrenadas para matar sin dejar pistas, Julian prefería dejarlas a conciencia como un sello muy personal.

Hunter fue entrenado en los famosos campos de entrenamiento de Fort Bragg (donde se formaban los Delta Force). Como miembro de esta fuerza especial, su entrenamiento estaba basado en demolición y aniquilación del enemigo. "No dejar rastros" no era una filosofía que se aplicara a los comandos Delta, todo lo contrario. Como escuadrón antiterrorista, estas fuerzas especiales eran las encargadas de entrar en las bases enemigas aniquilando lo que apareciera en sus miras. Por eso a Scott no le asombró para nada descubrir el arsenal que traía Hunter encima.

***

Sodoma iba vestido para una operación especial. Botas Kevlar, una máscara antigás, chaleco antibalas, rodilleras, hombreras, coderas y guantes con nudillos de titanio. Un lanzagranadas M32 MGL de seis disparos, una Kriss Vector (a la cual le estaba cogiendo el gusto), y su inseparable Beretta 92 FS.

—La caravana se acerca —le anunció Jimmy—, estarán en tu ángulo de disparo en cinco… cuatro…

tres...

Sodoma hizo un último repaso a todo su arsenal, para esta fiesta si se había puesto zapatos de baile.

—...dos... uno...

***

Jimmy había visto actuar a Sodoma cientos de veces, pero nunca de aquella manera.

En cuanto la caravana dobló la curva, sus ocupantes advirtieron la emboscada demasiado tarde. Sodoma apuntó el M32 (una especie de revolver gigante capaz de disparar seis granadas de 40mm en menos de cinco segundos), el impacto directo a menos de cincuenta metros de las granadas hizo que el primer GMC volara por los aires, aniquilando al instante a todos sus ocupantes. Pedazos de metal mezclados con partes humanas cayeron desperdigados por todos lados. El tercero, la Nissan Titan, era la encargada de cubrir la retirada, pero se vio bloqueada a sí mismo. Al intentar dar marcha atrás quedó expuesta al ataque. Sodoma solo uso tres granadas en el primer GMC, las tres restantes, las impactó contra la Nissan.

Una bola de fuego gigante salió de la cabina cuando las granadas impactaron contra el motor. Tres de los ocupantes que iban en la cama lograron saltar por la baranda, pero dos de ellos murieron de inmediato al recibir los fragmentos de metal lanzados por la explosión. El tercero de los guardaespaldas cayó de rodillas e intentó recoger su AK 47, pero Sodoma le voló la tapa de los sesos con dos disparos.

Sodoma se movió de posición, siempre usando alguna parte de la Toyota como escudo.

No quiere correr riesgos innecesarios, reconoció Scott, *realmente se lo está tomando muy personal.*

Sodoma guardó la M32 y sujetó la Kriss Vector.

El GMC donde viajaba La Llorona quedó atrapado entre dos montañas de chatarra y fuego. Sus ocupantes abrieron las puertas y salieron lanzando ráfagas contra el Toyota. Pero el asesino ya se había refugiado tras las láminas de porcelana balística que cubrían su auto. Recargó la M32, esta vez con granadas lacrimógenas. Efectuó seis disparos seguidos y contó cinco segundos, tiempo suficiente para que el humo no les permitiera a sus enemigos coordinar un contraataque. Luego avanzó desde una posición diferente escuchando los gritos y órdenes que daban los guardaespaldas mientras intentaban orientarse en medio del caos.

***

Veracruz

—¡No salgas del auto! —le gritó el guardia.

Josefina, acometida por un ataque de nervios solo pudo responderle con un *sí,* que ni ella misma se escuchó. Los tres guardias que la custodiaban bajaron del GMC, al instante, una neblina cubrió las ventanas y los pudo escuchar tosiendo, escupiendo y lanzando maldiciones a medida que el gas pimienta penetraba cada poro de sus cuerpos. Escuchó varios disparos. De repente una mancha de sangre y sesos cubrió el cristal de la derecha seguido por el impacto de una cabeza que se pegó a la ventanilla y lentamente comenzó a descender dejando una viscosa pulpa pegada al cristal. Ella comenzó a gritar como una demente.

Miró por otra de las ventanas y vio a los dos guardias restantes caer al piso cubiertos de agujeros.

—¡Los han matado a todos! ¡Por Dios!

Se apresuró a cruzar por encima del asiento para llegar al tablero de mandos y ponerle seguro a todas las puertas, pero una sombra gigantesca apareció junto a su ventana y abrió la puerta. Ella gritó e intentó correrse hacia el otro lado, pero una mano la sujetó por las piernas y la arrastró hacia afuera. Intentó huir, los gases le penetraron los ojos y los pulmones haciéndola llorar y vomitar en el acto. Una garra la sujetó por el cuello y prácticamente la llevó arrastras hasta el Toyota negro.

—¿Sabes...? ¡Yo soy la hija...! —Intentó decirle, pero la tos se lo impidió—. ¡Cuánto te hayan pagado yo...!

Una bofetada la lanzó contra el asiento de atrás. Cuando el matón se quitó la máscara, Josefina experimentó un miedo que invadía todo su cuerpo.

—¡Sodoma! Yo no...

El asesino le puso un dedo en los labios y le alcanzó un pomo de agua.

—Vuelves a hablar y te reviento la boca ¿Entendido?

Ella afirmó con la cabeza mientras se apresuraba a lavarse la cara y darse tragos intentando aclarar su garganta. Sodoma extrajo el celular y le tiró varias fotos sin que ella se atreviese a mirarlo.

***

Envió la foto al celular de Pedro Chiapas, luego le marcó.

—¿Mande?

—Hola, Pedrito, ¿qué tal la vida?

—¿Sodoma? ¡Cabrón, no dejas de sorprenderme! —La voz de Chiapas sonó cautelosa, como si temiera que le estuvieran rastreando el número, de seguro lo más probable—. ¿Cómo conseguiste este…? Olvídalo. Pues nada, mis felicitaciones, tienes más vidas que un gato.

—Ah, ya sabes, se hace lo que se puede. ¿Qué tal mi cubana?

Una carcajada se escuchó al otro lado de la línea.

—¡Tu cubana! Lo siento, no sabía que era de tu propiedad. Pero tranquilo güey, se lo dejo saber a mis hombres, cuatro de ellos están esperando para cogerse a la puta, ya pasaron seis.

—No hombre, tú tranquilo, no los apures. Dales el tiempo que necesiten, mira que está bien buena. —Chiapas no se rio en esta ocasión, algo en el tono de Sodoma le advirtió que el asesino tenía alguna carta bajo la manga—. O sea, en total van a ser diez. Bien, revisa el buzón de tú celular, acabo de enviarte unas fotos. Mándaselas a Montero de mi parte. Ah, otro detalle, la tuya por la mía. Sería un intercambio justo.

—¿De qué cojones estás hablando? ¿Qué hiciste cabrón?

—Devuélveme la llamada a este mismo número. —Sodoma hizo una breve pausa para aumentar el dramatismo, el efecto siempre resultaba—. Que sea dentro de una hora, necesito buscar a diez hombres para devolverte el favor y que la balanza se empareje un poco.

Sin embargo, no colgó. Pudo imaginarse las manos temblorosas de Pedro mientras buscaba las fotos en el buzón de su celular. El grito no se hizo esperar.

—¡Sí le tocas un pelo…!

Sodoma puso el celular en modo video.

—¿Me ves bien?

Detuvo el Toyota, puso el celular de manera tal que Pedro tuviera un ángulo completo y agarró a Josefina por el cuello. Le dio tres cachetadas tan fuertes que le rompió el labio superior. Desde el otro lado de la pantalla se podían escuchar claramente los gritos y maldiciones de Chiapas. Por fin la furia se calmó y entonces escuchó una voz suplicante:

—¡Para, por favor! ¡Para cabrón, o mato a la cubana!

Sodoma se detuvo y volvió a mirar a la cámara.

—Este es un trato entre caballeros. Si ambos nos comportamos, ninguno tendrá por qué golpear a las mujeres, ¿estamos?

—De acuerdo. ¿Qué es lo que quieres?

—Que Montero me llame dentro de diez minutos.

—Hecho.

Sodoma colgó.

***

Fueron ocho minutos.

—Usted dirá.

La voz de Felipe Montero, el *Maestro del Dinero,* se escuchó segura, algo irritado, pero capaz de controlar cualquier situación. A fin de cuentas, aquel hombre estaba adaptado a cerrar negocios de vida o muerte mientras era encañonado por varias pistolas. Después de todo, aunque le pesara admitirlo, Sodoma llegó a la conclusión de que el tipo tenía cojones y mucho temple.

—Esta vez creo que exageraste, cabrón. ¡Mi hija! ¿En serio?

—Si me hubieras dejado ir con la cubana, nada de esto habría sucedido. ¿Dónde y cuándo?

—Dentro de dos días, el miércoles por la noche. Pedro te enviará las coordenadas.

—Muy bien, las espero. Siempre es un placer hacer negocios con usted.

—¡Hijo de puta!

—Igualmente.

Sodoma le colgó.

Dos noches, ¡será cabrón! Tiene dos días para reunir un ejército. Sodoma miró fijamente a Josefina, pero ella bajó la cabeza para esquivar su mirada. *Tu padrecito puede conseguir muchos más hombres que yo, de eso no me caben dudas. Pero en esta ocasión se trata de calidad, no de cantidad.*

ADRIÁN HENRÍQUEZ

CAPÍTULO 17
EL SHADOWBOY

Piso seguro del Mossad.

Alemania

Israel no olvida a sus aliados... nunca olvidaría. Se repitió la Medusa en más de una ocasión.

Para el resto del planeta, lo ocurrido durante la Segunda Guerra Mundial en los campos de concentración, ya no era más que historia. Nuevas generaciones habían nacido y relegado los horrores de esa guerra. Pero Israel no podía olvidar. Desde el 14 de mayo de 1948, día en que oficialmente Israel se declaró estado libre y soberano, muchos de sus vecinos le declararon la guerra. A diferencia de otros países, para los israelitas cada día representaba sobrevivir entre naciones que solo esperaban una mínima muestra de debilidad en el gobierno para arrasarlos como país.

Durante el Holocausto, perdieron la vida más de once millones de judíos; el actual Israel contaba con una población de ocho millones.

Tanto la Medusa como miles de soldados israelitas estaban entrenados para no olvidar, para no bajar la guardia, porque de hacerlo, sin dudas podría sobrevenir un segundo Holocausto, y en esta ocasión significaría la extinción de su raza.

Israel, a diferencia de la Unión Soviética, sí logró reponerse del genocidio más documentado de la historia (no el más grande); pues como nación crecieron, fueron capaces de construir uno de los ejércitos más temidos del mundo, por esa razón cada día luchaban por estabilizar la paz en sus fronteras. Comparados con los más de cincuenta millones de víctimas que causó el comunismo, las cifras de aquel Holocausto podrían palidecer. Pero el pueblo de Israel, distinto a otros, no olvida sus muertos... ni a sus aliados.

***

La Medusa caminó hasta una de las mesas, que mostraba variados platos, y se sirvió un café. Mientras lo saboreaba, le dio un vistazo a la sala. La oficina de Samael había sido redecorada en cuestión de segundos. Tres hackers instalaron una tela de araña compuesta por laptops, pantallas e impresoras. Estos se pusieron a comprobar la información que el Hobbit les iba suministrando. El ambiente cambió al instante, podían sentirse los engranajes del cerebro de los maestros espías (Samael, Yosef y Asaf), tres de las mentes más temidas por los enemigos de Israel. Los tres habían comenzado a elaborar un plan. Una nueva misión.

El Shadowboy, murmuró la Medusa mientras miró fijamente la imagen de un joven con ojos azules que le devolvía la mirada, casi desafiante. Junto a esa imagen se hallaba otra más actual. En esta se mostraba el rostro de un anciano—una leyenda que bien podría impartirles clases a todos los presentes en aquella sala—, una leyenda que, a pesar de su avanzada edad, les costó la vida a cuatro de los mejores mercenarios de la HSI. A juzgar por las miradas de sus "jueces",

La Medusa pudo intuir que pretendían construir un plan para establecer contacto, una misión que sin dudas la involucraría a ella.

Debería sentirse asustada, o al menos percibir el peligro. Una cosa era acostarse con mafiosos, políticos, líderes de sectas terroristas y otra muy diferente es ir tras un anciano que había logrado sobrevivir la búsqueda constante de los servicios de inteligencia más importantes de todos los tiempos. Heldrich era dueño de una lista de cadáveres inmensa, desperdigada por toda Europa. El hecho de resistir durante tanto tiempo, significaba que nunca bajaba la guardia.

La Medusa se observó en uno de los espejos, sopesó sus atractivos y percibió que su aspecto físico no sería la carnada ideal para seducirlo. No, enfrentarse a Heldrich, por lo menos acercarse a él sin que le volara la tapa de los sesos, iba a requerir de todo su talento. Aun así, no pudo negar que la idea era atrayente. De hecho, tuvo que admitir que estaba emocionada ante la posibilidad de llevar acabo semejante misión. Ninguno de los graduados en la institución de espionaje del Mossad podía olvidar ese nombre. Frente a ella, en una de las nuevas computadoras instaladas, detalló las imágenes robadas a la HSI del expediente del legendario espía que, en su momento, había sido un aliado muy importante de su país.

A medida que las imágenes cruzaban ante sus ojos, todos en la sala comprendieron que Sokolov había logrado ubicar a Heldrich y montar una operación a espaldas de la HSI para la captura del anciano espía y obtener de este una información que ninguno de ellos era capaz de suponer. La información debía de ser más que importante para que hubiese contratado a cinco de los más temidos mercenarios del mercado negro. El hecho de no haber usado sus propios hombres dejaba claro que Sokolov sabía que Heldrich era aún lo suficientemente peligroso como para acabar con cualquiera de sus soldados. De ahí la importancia de enviar a los mejores profesionales.

El expediente solamente mostraba los datos que lograron obtener de diferentes fuentes alrededor del mundo sobre Heldrich. La Medusa, como el resto de los congregados, estaba sumida en sus propias reflexiones, analizando los pros y los contras que tendría aquella misión para su carrera. De momento, necesitaba concentrarse en el objetivo.

—Tiene una sobrina en España —dijo el Hobbit justo antes de que la fotografía de una hermosa chica apareciera en la pantalla—: Lucía Mendoza.

CAPÍTULO 18
OPERACIÓN SHADOW

Piso seguro del Mossad.

España

La Medusa terminó de prepararle un café a Isaac, o más bien, la leche con café que tanto le gustaba. Seis cremas de leche bajas en calorías y cuatro cucharadas de azúcar. Esto último, para ella no tenía mucho sentido, pero en fin, los genios siempre son raros.

—Justo como lo prefieres —puso el tazón a su lado, junto a su laptop. El Hobbit no apartó la mirada de la pantalla, pero le dio las gracias con un gesto—. ¿Algo nuevo?

La pregunta iba dirigida a los otros dos agentes en la habitación. La noche anterior todos habían arribado desde diferentes destinos. Ella, como agente principal al frente de la misión, viajó desde Francia; Isaac lo hizo directamente desde Alemania. David, uno de los mejores expertos del Mossad en seguimiento, tuvo que trasladarse desde Marruecos hacia el piso seguro. Su participación sería un préstamo de sus superiores lo cual significaba que desde Tel Aviv las cosas iban en serio; nada de agentes sin experiencia. Querían lo mejor de lo mejor en el terreno.

David era de esa clase de personas que debías observar bien varias veces para recordar, al menos, el color de su pelo; un detalle que en su profesión era un don muy apreciado. Entre sus especialidades de seguimiento, la que mejor se le daba era la de seguir al objetivo entre una multitud usando una variedad de disfraces que le permitían metamorfosearse como un camaleón, para ello usaba elementos tan simples como una gorra o una bufanda.

El cuarto miembro del equipo era Adif, otro as en su especialidad.

Adif fue entrenado durante dos años por el Mossad, convertido en un maestro en la invasión de casas. A sus escasos veintidós años, el joven era capaz de entrar en las mansiones más modernas, burlar sus sistemas de alarmas e instalar micrófonos, cámaras y sensores de movimiento. Su entrenamiento le permitía no solo infiltrarse en los sistemas de alarmas de las casas, sino usarlos para su propio beneficio. De esta manera los dispositivos que tuviera cualquier mansión, podían convertirse en enemigos de sus propios dueños.

Cuando recibió la llamada de traslado inmediato hacia España, Adif estaba infiltrándose en la mansión de un importante eclesiástico de la Iglesia católica en Italia. Tuvo que trasladarse a Portugal, cambiar de identidad y, desde allí, atravesar la frontera.

Considerado por muchos una de las mejores organizaciones de inteligencia del mundo, el Mossad nunca concebía una misión a la ligera. Cada una de sus operaciones de infiltración y seguimiento era preparada meticulosamente y en muchas ocasiones, con meses de antelación. Que esta se hubiera hecho tan precipitadamente debido a la importancia de su objetivo y las ramificaciones que podría tener, demostraba la necesidad de capturar a Nikita Sokolov.

Por ello, habían seleccionado a los mejores. Aunque había reglas del juego que nunca debían alterarse, una de ellas era la inserción de los agentes al país donde se fuera a llevar a cabo la misión. Como sus rostros quedarían estampados en las cámaras de seguridad de las fronteras y aeropuertos, lo mejor siempre era que todos entraran desde diferentes puntos. De esta manera, si alguno era atrapado, nunca podrían relacionarlo con los otros, a menos que los sentaran en una silla de "interrogatorios". Si eso sucedía, el resto del equipo contaba con tiempo limitado para salir del país o al menos buscar un piso seguro.

***

El piso seleccionado para la misión fue escogido por una agencia de viajes con sede en los Estados Unidos. Supuestamente, la habitación fue arrendada por una pareja de jóvenes americanos que viajaron a España con el fin de concluir su tesis de arquitectura. El lugar había sido estudiado por la ubicación estratégica de una ventana. Una ventana que medía un metro de alto por dos de ancho y presentaba una vista perfecta del objetivo.

En cuanto los agentes fueron llegando desde varios puntos de Europa, se hallaron con todas las condiciones creadas. En la mañana, un equipo de bienvenida preparó el piso con todo lo necesario para no salir en las próximas setenta y dos horas. Tiempo suficiente para establecer un perfil del objetivo. El piso también fue equipado con un kit de espionaje de última generación: cámaras fotográficas de alta definición con potentes lentes, micrófonos direccionales, microcámaras de videos y varias laptops con programas de descodificación creados por los mejores hackers de Israel.

En cuanto la Medusa examinó todo lo que había a su alrededor, quedó satisfecha, pronto comenzó a delegar objetivos. Cuatro horas después el primer perfil estaba establecido.

***

Mediante una de esas poderosas lentes, la Medusa observó cómo Lucía Mendoza devoraba una pizza junto a una de sus mejores amigas, Lola. El novio de esta última entró en ese momento al apartamento llevando consigo dos botellas de vino.

—¿Cómo se llama el novio?

—Lucas —le contestó Adif—.También le estamos estableciendo un perfil.

Mientras la Medusa observaba como la hermosa española se limpiaba la boca con el dorso de la mano y se burlaba del novio de su amiga, quien intentaba sacarle con los dientes el corcho a una de las botellas de vino, se preguntó cuánto le podría cambiar la vida a aquella joven en los próximos días. Desde que dio la orden a su equipo, estos, convertidos en sabuesos cibernéticos, comenzaron a seguir un rastro virtual de cada movimiento dado por Lucía en el ciberespacio.

El perfil fue creciendo a medida que franqueaban los minutos.

Lucía Mendoza comía pizza y tomaba vino sin tener la más remota idea de que su cuenta de Facebook había sido intervenida. Su móvil fue desbloqueado y convertido en la mejor arma que un espía puede tener; fue transformado en un radio trasmisor GPS. Más del noventa por ciento de la población mundial ignoraba que sus celulares podían ser intervenidos en el momento que los gobiernos o cualquier agencia de espionaje desease. El celular permitía escuchar cualquier conversación que su dueño estuviese teniendo ya que era costumbre en la población civil, sobre todo entre los jóvenes, el no despegarse más de un metro de sus celulares. Ese vicio de estar pendientes en todo momento de cualquier comentario en las redes sociales, le hacía mucho más fácil el trabajo a los agentes.

ADRIÁN HENRÍQUEZ

CAPÍTULO 19
¿QUIÉN TIENE MÁS HOMBRES?

Costa de Veracruz

El lugar escogido por el equipo de Montero no pudo ser mejor.

Cerca de la Costa de Oro, entre Isla de Sacrificios y el Arrecife Pájaros. Una zona controlada totalmente por el cártel del Golfo. A los guardacostas que protegían esa área (todos en la nómina del Golfo), se les explicó que esa noche debían patrullar cualquier otra zona, la orden fue bien clara; mantenerse alejados de allí por lo menos unas diez millas. En pocas palabras, controlaban el terreno desde todos los ángulos. Tenían los hombres, la posición y las reglas del juego.

***

Sodoma observó a través de los binoculares de visión nocturna el "narcoyate". ¡Increíble! Nunca dejaba de asombrarse por lo que el dinero del mercado negro, una vez blanqueado, era capaz de comprar.

Bautizado como *Anfítrite,* en honor a la esposa de Poseidón, el imponente yate medía 110 metros de largo y estaba valorado en unos 120 millones de dólares. Contaba con tres niveles, dos piscinas, diez habitaciones con jacuzzis incluidos. Salas de juego, de strippers, salón restaurante, gimnasio y un helipuerto. Sin dudas, nunca superaría al *Eclipse;* el segundo yate privado más grande del mundo con un costo de construcción valorado en más de 500 millones de dólares y que pertenecía al billonario ruso Roman Arkadyevich.

Pero tampoco está nada mal.

Lo que sí estaba mal, desde su punto de vista, era el ejército que lo protegía. No menos de treinta hombres. Todos armados con pesados rifles automáticos. Nada de armamento ligero. Aquellos mercenarios iban preparados para una guerra en toda la ley.

Una de las puertas de los costados se abrió y al pasillo salió toda una comitiva. Seis soldados (incluyendo a Pedro, quien iba sujetando a Irina para que no se fuera hacia los lados, lo que indicaba que la había drogado o estaba terminando de pasar los efectos). Sodoma pidió únicamente, como requisito para el intercambio, que estuvieran en la popa, en el segundo nivel. Si se acercaba al yate y no los veía donde dijo, pues al instante iba a dar la vuelta y adiós a "La Llorona".

Sin embargo, Pedro aceptó... y allí estaban.

***

Pedro Chiapas observó como el pequeño Zodiac se iba abriendo paso entre las olas. Llevaba cuatro tripulantes, y a uno de ellos, a pesar de la distancia, lo reconoció al instante por sus gestos nerviosos e incontrolados. No cabían dudas de que se trataba de Josefina.

Habían llegado a un punto de tensión en que un solo disparo podría ocasionar una masacre, lo cual sería terrible, ya que ambos bandos estaban conscientes de la importancia de efectuar el intercambio sin herir a las mujeres. Pero tampoco eran tan estúpidos como para creer que sería un intercambio pacífico, desde el momento en que las mujeres fueran intercambiadas, cualquier cosa podría pasar. Y eso era lo que le preocupaba a Chiapas. Cuando la Zodiac llegó a unos cincuenta metros, tres embarcaciones que hasta el momento habían permanecido en las tinieblas arrancaron sus poderosos motores fuera de borda. Las lanchas se movieron a toda velocidad cerrándoles la retirada.

El Zodiac llegó a la popa; dos de sus ocupantes, por lo que Chiapas pudo apreciar, debían de ser soldados con entrenamiento militar en la marina. Uno de ellos se bajó para sujetar la embarcación mientras que el otro se llevaba su rifle al hombro dejando bien claras sus intenciones. El primero ayudó a bajar a Josefina. Luego ambos pusieron sus M4 contra el hombro y de modo automático avanzaron por el pasillo hacia el segundo nivel, donde se efectuaría el canje. En el inmenso yate solo se escuchaba el golpear de las olas, pues la tensión había llegado a un punto en que un simple estornudo generaría una carnicería.

***

La comitiva avanzó por el pasillo hasta el segundo nivel. Durante todo el trayecto Sodoma se mantuvo sujetando fuertemente a Josefina por el cuello, usándola como un escudo humano cada vez que se acercaban los guardias. Cuando los dos bandos estuvieron unos frente a otros, Pedro comprendió que algo iba mal... condenadamente mal.

¡Maldita sea! ¿Dónde está Sodoma? ¿Quién es este imbécil?

Quien retorcía el cuello de Josefina no era Sodoma, era un rostro totalmente desconocido para Pedro.

***

Irina miró cómo todos se ponían tensos a su alrededor. Los guardias del inmenso yate apretaron la empuñadura de sus pesadas ametralladoras. Bueno, realmente no estaba segura de que aquellos rifles automáticos fuesen muy pesados. Poco le importaba, para ella todo a su alrededor pesaba cientos de kilogramos, como sus brazos, que apenas si podía sostener, sus piernas, su cabeza, sus parpados... ¡Por Dios! Sus parpados le pesaban una tonelada. Vio al nuevo grupo llegar. Reconoció al instante a la psicópata de Josefina, que venía custodiada por tres personas más. Uno de ellos le resultó familiar, de hecho, demasiado familiar. *Ha de ser el efecto de la droga.*

Y tenía que serlo. Era imposible que aquella persona estuviera en ese yate.

—Y tú, ¿quién cojones eres? —escuchó a Pedro que le preguntaba al extraño.

El recién llegado ignoró por completo al mexicano y se dirigió a Irina con un acento cubano inconfundible.

—Mata Hari, ¿quieres volver con tu hijo?

CAPÍTULO 20
¿QUIÉN ES HELDRICH?

Costa de Veracruz

Irina sintió como una descarga de adrenalina recorría todo su cuerpo, despejándole la mente y sus miembros, pero sobre todo la vista.

Sí, es él.

***

—¿Tienes nombre, cabrón? —preguntó Pedro.

—Puedes llamarme Heldrich.

—¿Hell… qué?

Pedro intentó hacer una broma para demostrar su superioridad, pero entonces recordó que Hell en inglés significa "infierno". Por lo visto, el tal Heldrich casi le leyó la mente, pues le sonrió cuando le dijo:

—Hell también puede funcionar.

Pedro reconoció que era momento ya de establecer sus reglas.

—¿Dónde está Sodoma?

Josefina comenzó a llorar e intentó avanzar. Pero la garra de aquel imbécil le retorció el cuello obligándola a retroceder al instante. Hell, o Heldrich, como fuera que se llamara, sacó una pistola y apuntó al suelo. Pedro no se atrevió a reírse (lo habría hecho de no ser porque un simple gesto de aquel idiota salido a saber de dónde, podría volarle el estómago a la patrona), aunque no era para menos. El tal Heldrich sostenía una Luger (un modelo autentico de la Segunda Guerra Mundial).

—Mata Hari, acércate, vamos a buscar a tu hijo.

***

Irina reconoció la pistola y el rostro, también recordó el nombre.

Eres Gerardo... el capitán de la Seguridad del Estado. Eres el mismo que entró aquel día al restaurante del Chino siguiendo a Manuel Mendoza. Y esa pistola... es la misma, no hay dudas —ahora todo tenía sentido, por eso Gerardo no dejaba de llamarla Mata Hari, ese era el mensaje que le estaba enviando el anciano. Confía en este hombre, trabaja para mí. Manuel Mendoza había venido a rescatarla—. *No por buena gente, sino porque sé demasiado. ¡Pero vino por ti, Irina! Así que ponte las pilas, mujer.*

Como impulsada por un resorte, a pesar de las drogas que la tenían aturdida, Irina avanzó hacia Gerardo. Dio solo un paso, porque la mano de Pedro la detuvo. Entonces se escuchó un disparo seguido de un grito.

Sí... a este lo envió Manuel.

***

La rodilla de Josefina quedó convertida en un pedazo de masa sanguinolenta. Fragmentos de huesos y tendones quedaron expuestos a la vista de todos. Sus gritos obligaron a cada uno de los guardias que estaban en el nivel dos a girar sus cabezas, los que los tenían en mira levantaron sus rifles. Gerardo no perdió oportunidad y se ocultó tras Josefina usándola como su propio escudo humano.

Pedro también sacó su pistola y se la pegó a la sien de Irina. Por alguna razón, esta no podía parar de reírse. Chiapas pensó que se trataba del efecto de las drogas.

—Yo que ustedes, me cuidaba las rodillas —se burló la cubana—, el que lo entrenó, cuando se pone nervioso, le da por dispararle a las rótulas.

—¿Quién es más importante? —Preguntó Heldrich. Pedro vio cómo ponía la pistola en la otra rodilla de Josefina—. ¿Tú chica o la mía?

Pedro no se atrevió a responder. La mirada de aquel joven iba cargada de miedo, estaba asustado por toda la situación en la que se había metido, pero sus ojos no dudaban. ¡El cabrón los tiene bien puestos! Quien fuera aquel extraño, estaba decidido a dispararle en la otra rodilla solo para exponer su punto.

—¡Esta bien! —Le gritó—: ¡Aquí tienes a tu puta!

De un empujón Irina avanzó tres pasos y a punto estuvo de caerse. Logró mantener el equilibrio por puro instinto. Caminó hasta llegar junto a Gerardo, miró a Josefina y no sintió ni una pizca de lástima por aquella asesina. Gerardo soltó a Josefina y la abrazó.

La Llorona no pudo sostenerse en pie y cayó al piso resbalándose en su propia sangre.

Ante el asombro de todos los presentes, Heldrich dio un paso atrás, giró las caderas con tanta rapidez que nadie tuvo oportunidad de comprender lo que estaba pasando. Apoyando el peso de Irina sobre su cadera derecha le aplicó una técnica de judo llamada Hane-goshi, técnica que solo Chiapas fue capaz de reconocer, y que literalmente los catapultó por encima de la baranda.

Como una coreografía ensayada de antemano, los dos guardaespaldas que llegaron con ellos esperaban justo ese momento. Ambos abrieron fuego contra los guardias del yate, y lograron abatir a algunos. Con la cortina de balas que crearon, y los gritos de Pedro Chiapas de trasfondo, ordenándoles a los suyos que no dispararan pues Josefina continuaba en la línea de fuego, los dos sujetos sin perder un segundo también saltaron al agua. Chiapas corrió hacia Josefina. En cuanto llegó junto a ella comenzó a abrazarla mientras le susurraba que todo iba a estar bien. A su espalda escuchó como sus hombres llegaban a la baranda.

—¡Cósanlos a tiros, pero ya!

La orden no se hizo esperar. Pero en cuanto los hombres asomaron medio cuerpo afuera de la baranda, una lluvia de balas los recibió. Muchos fueron obligados a retroceder, otros cayeron con sus cabezas perforadas. Desde la oscuridad del agua, iban emergiendo una docena de cañones de subfusiles tácticos.

CAPÍTULO 21
JUEGO DE ESPÍAS

Piso seguro del Mossad.

España

Isaac estuvo toda la noche trabajando en el perfil de Lucía, y al amanecer, el equipo que vigilaba a la joven española a menos de doscientos metros de su casa, ya tenía toda la información que necesitaba. En la nueva era digital las redes sociales permitían a cualquier agencia de inteligencia sacar los gustos y preferencias de sus objetivos sin que estos tuvieran la menor idea del juego al que eran sometidos.

El Hobbit y su equipo de hackers intervinieron la cuenta de Facebook de Lucía, obteniendo su lista de amigos, direcciones, fotos y toda clase de datos que necesitaban. Twitter, Instagram, Amazon, Netflix…ni siquiera sus e-mails quedaron a salvo. Su cuenta de banco y expediente médico fueron copiados de igual manera.

Al finalizar, pasaron toda la información robada por varios softwares diseñados por los hackers del Mossad. La Spider (un software especializado en crear patrones de gustos, compras, viajes, libros, películas…), le permitió en tiempo record crear el perfil ideal para acercarse a ella sin levantar sospechas.

***

En la mañana comenzó la segunda parte de la misión.

Lucía se dirigió hacia la universidad en la que trabajaba impartiendo clases de Historia del Arte, sin tener la más mínima sospecha de que estaba siendo seguida a pocos metros por David. Este tenía dos objetivos: crear una lista de patrones que la joven siguiera cada día, y asegurarse del entorno, sobre todo,porsi estaba siendo seguida por alguien más.

Mientras tanto, Adif entró en su apartamento.

***

Adif, como todo obsesivo-compulsivo de la seguridad, se cercioró varias veces de que el apartamento no contara con ningún sistema de alarmas. Una vez chequeado, usó su inseparable equipo de ganzúas y abrió la puerta del apartamento. Apenas dio un paso en el interior, se cubrió sus zapatos con zapatillas de látex (como las usadas en los salones de operaciones), guantes y un gorro también de látex finalizaron su indumentaria. Una vez seguro de que no dejaría ni un cabello en el apartamento, comenzó a montar cámaras y micrófonos por todos lados.

La primera prioridad, una vez establecido el audio y la imagen dentro del apartamento, fue la extracción de toda la información digital.

Desde el apartamento del frente, la noche anterior el Hobbit había clonado toda la información de la laptop de Lucía, aun así, Adif copió las tarjetas de la cámara fotográfica de la joven, junto con un disco duro que encontró oculto en una de las gavetas.

—¡Sal inmediatamente del apartamento! —desde el micrófono que tenía instalado en su oído, experimentó a través de su cuerpo una descarga de adrenalina. La

Medusa era una de las mejores agentes de campo, y Adif sabía perfectamente que no rompería el protocolo y lo interrumpiría a menos que hubiera una verdadera amenaza. Sus dudas fueron aclaradas al instante—. La están siguiendo.

Adif no necesitó una segunda orden para abandonar el apartamento.

**

En cuanto David vio entrar a Lucía a uno de los parqueos de la universidad, se percató del BMW que la seguía de cerca.

—Tiene cola —usando el micrófono que traían escondido en el cuello de su chaqueta, le informó a la Medusa la clave que ninguno deseaba escuchar. La orden no se hizo esperar.

—Quiero sus imágenes.

David midió el tiempo perfecto, esperó que el semáforo de la esquina pusiera su luz verde para darles paso a los estudiantes que salían en ese momento de las aulas. Mimetizándose en la multitud cruzó por delante del BMW, la cámara oculta en su chaqueta, conectada a uno de los botones de su chaleco, tiró varias fotos a los dos tripulantes.

**

Las imágenes fueron recibidas al instante. El Hobbit las subió a un software de búsqueda de rostros. El rastreo tardó menos de un minuto.

—¡Oh Dios! —exclamó el Hobbit. Por encima de su hombro la Medusa observó los rostros que aparecieron en la pantalla. Los dos hombres pertenecían a unidades de reconocimiento y extracción bajo las órdenes de Nikita Sokolov. Mercenarios ucranianos con la fuerza, la inteligencia y los recursos para llevar a cabo misiones en países extranjeros. No eran simples detectives. La Medusa comprendió al instante que, si esos matones estaban siguiéndole la pista a Lucía, significaba que la joven era más importante de lo que habían creído desde un principio.

—Me parece que esto es más grande de lo que pensábamos. —La Medusa vislumbró que tendría que adelantar sus planes de acercamiento a Lucía.

En ese momento la puerta se abrió y Adif entró llevando en su mochila los datos conseguidos.

CAPÍTULO 22
NADA TIENE SENTIDO

Costa de Veracruz

El ataque de pánico fue inevitable. Primero se vio lanzada por la borda en una caída al vacío desde varios metros de altura. En cuanto cayó al agua, por puro instinto cerró la boca y pataleó hacia la superficie, fue entonces cuando el miedo la atenazó en forma de tentáculos que surgían desde las profundidades. Le inmovilizaron las manos y las piernas mientras alguien le ponía una máscara especial de buceo que le cubría su rostro.

Irina había practicado submarinismo en otras ocasiones. Como parte de su trabajo de prostituta élite en Cuba, uno de los pasatiempos de los millonarios que visitaban la isla y solicitaban sus servicios, era que los acompañara a expediciones submarinas. Por eso, en cuanto la obligaron a respirar reconoció el aire seco y frío del oxigeno comprimido en los tanques de buceo. En ese momento la adrenalina comenzó a recorrer cada centímetro de su cuerpo, haciendo que desaparecieran los restos de la droga que le habían suministrado. Cuando miró a su alrededor, sumergida a unos seis metros de profundidad, supo que no estaba alucinando.

***

Una docena de buzos iban avanzando en perfecta sincronización bajo el casco del yate.

Varias manos la sujetaron con más fuerza mientras

le ponían un chaleco con un tanque de buceo instalado. Uno de los buzos se le acercó y usando los códigos internacionales de inmersión, le indicó que sujetara una especie de torpedo con propela. En cuanto puso sus manos sobre las agarraderas, otro buzo la sujetó por la cadera para controlarle sus movimientos, acto seguido salieron a toda velocidad. Miró por última vez hacia la superficie, solo vio el casco y cientos de relámpagos, supuso que debían de ser disparos. Luego miró a su derecha. Sujeto a uno de aquellos torpedos, también iba el capitán Gerardo escoltado por otro buzo.

Irina llenó sus pulmones del oxigeno comprimido y enfocó su mirada hacia las oscuras profundidades de aquel inmenso mar. Ya habría tiempo de preocuparse por lo que vendría a continuación. Por ahora, se tomó un respiro para saborear de nuevo la libertad.

CAPÍTULO 23
MARK V

Costa de Veracruz

En el 2009 la Fuerza Naval de Kuwait firmó un contrato de 61 millones de dólares con la Marina de los Estados Unidos por la construcción de 10 Mark V, los botes patrullas más poderosos del mundo.

El Mark V fue diseñado exclusivamente para misiones especiales de inserción y extracción de los Navy SEALs. Capaz de transportar a 16 comandos a una velocidad de 65 nudos y operar en condiciones climatológicas extremas, no fue precisamente su velocidad o maniobrabilidad lo que hizo que Sodoma moviera varios de sus poderosos contactos para solicitar dos de esas poderosas naves.

Lo que a Sodoma le interesaba era el arsenal con que iban equipados cada uno de aquellos botes patrullas... *nada menos que un pequeño ejército acuático.*

Las Marks V venían abastecidos con cinco ametralladoras en los costados, una combinación letal de pequeños calibres que variaban entre M240 (7.62 milímetros), y pesadas M-2 calibres .50. Como si la fuerza destructora de tantas ametralladoras no fuera suficiente, también contaban con ametralladoras lanzagranadas de 40mm, las temidas MK19. La combinación de todas las ametralladoras proveía a las Marks V de una protección de 360 grados. Aunque los ingenieros navales no dejaron ningún punto ciego.

Para protegerse de un ataque aéreo, iban equipados con varios MANPADS (Sistema de Defensa Aérea Portátil), misiles tierra aire con una guía de calor, lanzados desde el hombro. Como apoyo extra, instalaron sobre la proa una MK95 calibre .50 doble cañón.

Desde el simple punto de vista de Sodoma, el Mark V no era más que la combinación de un traje de Iron Man mezclado con Batmovil y el asesoramiento de Aquaman. Cuando llamó a Jimmy para comunicarle el pedido, el nombre que les dio confundió al viejo maestro de espías.

—Necesito dos híbridos acuáticos.

—¿Dos qué...?

—Ya sabes, revisa tu libreta de notas, una tortuga con piel de erizo.

Jimmy dejó escapar un suspiro y busco la libreta de códigos...

Una tortuga con piel de erizo... un Mark V. ¡Te volviste loco!

***

Desde los costados, proa y popa, los buzos disparaban brindándole apoyo a dos lanchas de la FES (Fuerzas Especiales), la única unidad militar de tropas élites mexicanas que no estaban bajo la nomina de los cárteles. Los comandos se desplegaron con tanta rapidez como eficiencia.

Las dos lanchas crearon una especie de punta de lanza al abordar el yate con una docena de comandos. Estas se desplegaron por la popa controlando esa parte del yate. Mientras toda la operación se llevaba a cabo, dos potentes Mark V le ofrecieron el apoyo necesario manteniendo ocupadas a las lanchas rápidas que acudieron en ayuda de los sicarios.

Las Marks V con sus ponderosas M249 instaladas en los costados, cubrieron con una lluvia de proyectiles a las tres lanchas escoltas que tenía el yate como una posible vía de escape. Los hongos de fuego que surgieron de cada una de ellas, al ser atravesadas de lado a lado, iluminaron la noche creando un efecto de caos y terror desatado desde las profundidades del mar.

El mensaje quedó claro para los sicarios que estaban dentro del yate, con dos Marks V rodeándolos ninguna ayuda llegaría por mar.

***

Pedro comprendió que por muy adiestrados que estuvieran sus hombres, no podrían enfrentarse a un abordaje de la FES. Su única salida era usar el helicóptero que estaba en la proa. Con la experiencia adquirida durante los años que estuvo entre militares, le aplicó un torniquete a la rodilla de Josefina para evitar que esta acabara desangrándose. Después impartió órdenes a sus hombres para que fueran abriendo una línea de fuego. Obligó a Josefina a levantarse, la habría cargado, pero necesitaba una de sus manos libres para sostener su pistola.

Por el ruido controlado de los disparos que venían desde el primer nivel del yate, supo que los comandos debían estar ganado metro a metro cada compartimiento. No podían perder ni un segundo. Avanzaron prácticamente corriendo por entre las

173

puertas de cada sección del yate hasta llegar a la plataforma de despegue. El helicóptero estaba a solo diez metros y ya había comenzado a mover sus paletas. Lo habrían logrado de no ser porque Pedro se detuvo justo en el momento que escuchó el inconfundible ruido de las aspas de otro helicóptero.

—¡Retírense! ¡Retírense! —Gritó Chiapas a sus hombres—. ¡Que alguien tumbe ese pájaro!

Su orden no se escuchó, pues un Blackhawk (el helicóptero más famoso del mundo usando por los comandos americanos), apareció en la proa.

***

El Blackhawk llevaba instalada en un costado una M134 (una ametralladora de seis cañones con una potencia de fuego de dos mil a seis mil disparos por minutos sin apenas calentarse), por eso, apenas Chiapas dio la orden de retroceder, más de seis mil disparos convirtieron lo que se suponía iba a ser su vía de escape, en un colador con hélices.

***

Pedro Chiapas comprendió la situación en la que estaba metido. Él personalmente entrenó a todos los mercenarios que había en el yate, eran los mejores, de eso no le cabían dudas. Pero un ataque en conjunto por mar y aire efectuado por los comandos de la FES era algo para lo que ningún soldado de cualquier cártel estaba preparado.

La única manera de sobrevivir a aquel ataque era huyendo hoy para pelear mañana.

Aún me queda una carta bajo la manga… ¡usémosla!

CAPÍTULO 24
CADA BANDO QUIERE ALGO

(12 horas antes) Instalaciones secretas de la FES en Veracruz

Eduardo Fernández, coronel de la FES, miró detenidamente los rostros de los cuatro hombres que tenía delante; uno de ellos (como siempre), estaba conectado a una de las pantallas de la habitación.

¡Qué hermoso equipo tengo delante! Sodoma, el asesino más temido de los cárteles. ¡Un hijo de puta más sádico que Calígula! Gerardo, un capitán cubano que solo Dios sabe lo que es capaz de hacer, y Manuel Mendoza, ¡ni idea de quién cojones es este! Y, por supuesto, Jimmy, el viejo Búho no podía faltar. Entrometido siempre en todo, pero a la distancia suficiente por si la mierda salpica, no vaya a embarrarlo.

—La oportunidad que te propongo es única y de ti depende. —Sodoma señaló los planos que había sobre la mesa con réplicas del yate Anfitrite—. ¿No era esto lo que llevabas tiempo pidiéndome?

—Exacto, por eso es que no acaba de gustarme. Que me des estos datos ahora…, no sé, creo que lo estás haciendo porque realmente me necesitas.

Sodoma lo miró directamente a los ojos. El coronel no se intimidó. Más bien miró a cada uno de los presentes como si los estuviera desafiando a que le llevaran la contraria. Por fin su mirada se detuvo en Jimmy.

175

—Maldito viejo búho, me quieres usar... —la frase se quedó en el aire. Para sorpresa de todos los presentes fue el anciano cubano quién tomó la palabra.

—¿Saben una cosa? Lo interesante de este juego es que no importa cuánto tiempo llevemos practicándolo, las reglas nunca cambian. Hoy enemigos, mañana amigos. Nada cambia. Ahora, hay códigos que no se pueden alterar, y son bien simples. Utilizarnos unos a otros. —Hizo una breve pausa para que lo miraran—. La mejor manera de resolver esta situación de desconfianza es dejar claro que cada bando obtenga lo que quiere.

Fernández rechinó sus dientes, pero no dijo nada. Acababa de perder el protagonismo y no encontraba las palabras para recuperar su papel. Fuese quien fuera el tal Manuel, sabía cómo imponer su criterio en una reunión.

***

El coronel recordó la llamada.

Se trataba de un favor muy personal. Fernández accedió a enviar una de sus lanchas rápidas hasta uno de los cayos cubanos, donde recogerían al anciano y al capitán (o guardaespaldas del tal Manuel), la relación entre aquellos dos se le escapaba por momentos. Sin lograr determinar bien de que iba todo aquello, advirtió que algo grande se avecinaba.

Ahora los tenía enfrente, peor aún. El tal Manuel había tomado el control de la operación como si fuera lo más natural del mundo.

—Un ataque directo podría provocar una carnicería; además, eso es exactamente lo que ellos esperan de nosotros —les explicó Manuel. Para darle solidez a su argumento, señaló los planos y los puntos desde donde se podría llevar a cabo el abordaje—. Usted, coronel, lo ha tenido claro desde el principio; es un golpe directo al cártel del Golfo. No quiere rehenes y nosotros tampoco los buscamos, en eso creo que estamos de acuerdo. No vale la pena mencionar que el crédito de la operación se lo llevaran ustedes; el mundo no necesita saber que la CIA estuvo involucrada. Por eso creo que mi plan tendría más éxito que los demás.

Los presentes se miraron en silencio y tuvieron que admitir que el plan expuesto por el anciano era una obra de arte. Simple y efectivo.

—Pues luz verde —confirmó el coronel.

ADRIÁN HENRÍQUEZ

CAPÍTULO 25
NO QUEREMOS REHENES

Costa de Veracruz (Yate Anfitrite)

Doce comandos desembarcaron apoyados por las M240 de las lanchas rápidas. La cortina de fuego que habían creado para barrer cualquier resistencia desde las torres les permitió tomar posiciones y dividirse en grupos de a cuatro. Sodoma tomó el control del primero. Como una unidad especial entrenada para avanzar en espacios cerrados, el comando fue tomando habitación por habitación.

—¡Tortuga! —gritó Sodoma.

La Tortuga era una de las formaciones más usadas por las tropas especiales para operar en espacios cerrados donde tendrían que dispararle al enemigo prácticamente a quemarropa. Sodoma era la cabeza, dos FES cubrían los flancos y el cuarto comando era la cola, su misión consistía en que nadie los atacara por la retaguardia.

—Halcón a Sodoma —el piloto del Black Hawk se había separado del yate para tener una visión más amplia y facilitarles las posiciones de los enemigos que corrían por las cubiertas—, identificado el paquete.

—¿Dónde están?

—Volvieron a entrar, nivel tres.

Eliminar a Chiapas y de ser posible a la psicópata de Josefina era su prioridad. Las órdenes que recibió la FES fueron bien claras; *no necesitamos rehenes.*

Seguido por los tres comandos en su formación de Tortuga, llegaron a un pasillo estrecho que los obligó a modificar la formación. Una puerta les cerraba el paso a una habitación, tras esa puerta seguramente los aguardaba una emboscada. Sodoma prefirió no correr riesgos. Una simple patada arrancó prácticamente la puerta de sus charnelas.

—¡Granada! —Gritó mientras lanzaba una granada aturdidora.

El estallido arrancó gritos desde el interior, seguidos por un trastabillar de pasos descoordinados. Sin perder esos preciados segundos, penetraron para ser recibidos por varias ráfagas de disparos. Unas cuantas balas impactaron directamente contra la lámina de porcelana de su chaleco. Sin oportunidad para reorganizar el ataque, dejó que sus instintos tomaran el control. Abrió fuego contra uno de los sicarios (al menos cuatro los estaban esperando), la Kriss Vector vibró entre sus manos mientras uno de los matones se retorcía cuando una docena de balas impactaron en su cuerpo. A su espalda escuchó el rugir de las armas de la FES. Cada uno de los comandos portaba una de las mejores maravillas armamentísticas de la era moderna.

El fusil FX-05 de fabricación mexicana, con un cargador recto de 60 balas, era considerado uno de los cinco mejores fusiles de asalto del mundo. Todo comando de la FES que atacaba el yate, iba armado con uno de ellos. Por eso, cuando los cuerpos de los sicarios fueron literalmente desmembrados al ser rociados por una lluvia de plomo de 5.56mm, Sodoma ni se molestó en asegurar a los caídos, solo se enfocó en la siguiente puerta.

—Despejado —dijo una voz a su espalada.

***

Cada vía de escape se iba cerrando a medida que Pedro avanzaba por los pasillos. Podía escuchar las ráfagas dispares de sus hombres y el ruido rítmico de los comandos a medidas que continuaban acercándose.

—Ustedes dos, no dejen que entre nadie por esa puerta —dos de sus mejores hombres se separaron del grupo y quedaron apostados contra las paredes—, el que asome la cabeza se la vuelan, sea quien sea. ¿Entendido?

Ambos sicarios respondieron con un grito de desafío, pero en sus ojos Chiapas vio la sombra inconfundible del miedo. De hecho, todos sus hombres sabían que aquella misión era suicida, pero enfrentarían la muerte con una sonrisa en los labios y de ser posible con una buena dosis de coca en el sistema. Pedro sacudió la cabeza ante un pensamiento que lo asaltó de repente. La realidad era que la cultura mexicana de los cárteles, mujeres y corridos, habían creado entre aquellos imbéciles una especie de heroísmo épico. La ignorancia cultural les hizo creer que morir bajo las órdenes de un patrón de la droga era la manera más gloriosa de abandonar este mundo. Por eso ni se sorprendió cuando escuchó cómo los dos suicidas que cubrían su retaguardia cantaban una ranchera a todo pecho:

—Un último tequila entre las piernas de una mujer...

***

Felipe Montero había sobrevivido más de veinte años en uno de los negocios más peligrosos del mundo gracias a su nivel "obsesivo" de seguridad. El ejército de guardaespaldas, agentes informáticos y espías en las altas esferas del gobierno mexicano, lograban que Montero siempre estuviera un paso por delante de cualquier redada o intento de asesinato. Nunca entraba a una casa si esta no contaba con tres vías de escape.

Lo mismo creó para su yate. La idea era estar preparado ante cualquier eventualidad, por eso, cuando compró el *Anfítrite* le construyó un sistema auxiliar de escape en caso de que el yate fuera abordado.

El pedido fue exclusivo a la U-Boot Worx (una de las compañías líderes mundiales en fabricación de mini submarinos). Montero seleccionó un modelo de siete pasajeros de la serie Cruise Sub, un mini submarino de lujo, diseñado para excéntricos millonarios que incluían hasta neveras para el champagne.

***

Las balas explotaron la cabeza del hombre que estaba a su espalda. La sangre salpicó el rostro de Chiapas obligándolo a limpiarse los ojos simplemente para ver cómo avanzaban los tres comandos que venían pisándole los talones. Por lo visto, los dos guardias que dejó tras de sí eran mejores cantantes que tiradores.

—¡Llévensela de aquí! —Le ordenó Chiapas al resto de sus hombres—. Ustedes seis se quedan conmigo.

Josefina lanzó un grito y se abalanzó al cuello de Pedro.

—Pégame un tiro aquí mismo, pero no me voy sin ti.

Chiapas la empujó a un lado, levantó su M4 y descargó medio cargador contra uno de los comandos de la FES. El soldado recibió el impacto de tres balas en el rostro, pero apenas su cuerpo tocó el piso sus dos compañeros tomaron su puesto. Uno de los guardaespaldas de Josefina la sujetó mientras Chiapas sacaba una granada, le quitó la espoleta y contó tres segundos antes de lanzarla. La granada estalló en el aire justo entre los dos comandos. Ambos hombres fueron pulverizados contra las paredes, aunque una de las esquirlas alcanzó el hombro de uno de los suyos. El error le hizo comprender que debía ser muy cuidadoso a la hora de lanzar otra granada.

—Josefina, tienes que irte. —Chiapas le sujetó el rostro con ambas manos y cubrió de besos su cara, luego lanzó un grito de impotencia—. ¡Tienes que irte! Solo puedo sobrevivir, entiendes. Contigo no puedo moverme libremente. Tienes que irte si quieres que sobreviva.

Aquellas palabras hicieron que Josefina se limpiara el rostro de lágrimas mientras lo besaba por última vez.

—Llévensela.

Dos guardaespaldas se llevaron sus rifles al hombro, mientras un tercero cargaba a la patrona. Apenas había caminado varios metros cuando escucharon un sonido de botas prevenientes desde el otro pasillo. Uno de los hombres encargados de cubrir la retaguardia levantó su AK 47 y vació el cargador contra los comandos. Dos disparos le atravesaron el pecho lanzándolo contra la pared. El hombre se retorció en el piso y miró fijamente a Chiapas.

—Es Sodoma... —no terminó su sentencia porque la mitad del rostro le estalló.

Pedro Chiapas miró hacia uno de los espejos que cubría las esquinas y se encontró con el rostro de Sodoma. Ambos se miraron a sabiendas de que únicamente uno de ellos saldría con vida del yate. Pedro apostó por él, Sodoma iba acompañado, pero Chiapas conocía muy bien aquel yate, además de que las técnicas de avance de los comandos no eran nuevas para él.

—Retírense hacia la piscina —les ordenó a sus hombres—. ¡Vamos a darle una bienvenida como se merece este cabrón!

CAPÍTULO 26
LA ÚNICA SALIDA

Costa de Veracruz (Yate Anfitrite)

Pedro hizo un rápido recuento de los elementos que tenía a su favor. Factor sorpresa, conocía el terreno y contaba con cinco hombres, incluido él, serían seis contra Sodoma y los tres comandos de la FES.

Pues bien, que comience el baile.

Entraron a un salón que tenía en su centro una piscina de diez metros y dos yacusis a los lados. El lugar era perfecto, contaba con varias paredes de mármol desde las cuales corría una fina capa de agua a modo de decoración. Apenas Chiapas ubicó a sus hombres las puertas se abrieron. Desde una de las esquinas observó cómo Sodoma entraba al salón, se detuvo por unos segundos y lanzó varias granadas de humo... era el momento que estaba esperando. Sabía que Sodoma no entraría en un espacio abierto con paredes a menos que tuviera una cortina de humo.

—¡Ahora! —vociferó Chiapas al salir de su escondite.

Sus hombres abrieron fuego contra los comandos. En los pocos segundos que tuvieron para preparar la emboscada, Chiapas les advirtió de no disparar sin antes escoger sus objetivos, pero con el calor de la batalla sus consejos cayeron en oídos sordos. Él conservó su munición, escogió una de las sombras que comenzaba a disolverse en el humo y le descargó medio cargador encima. La sombra fue proyectada contra una de las paredes. Por el impacto supo que solo quedaban tres.

En ese momento, dos de sus hombres lanzaron gritos de combate y salieron de sus refugios con las AK 47 apoyadas en las caderas. Las ráfagas impactaron directamente contra el pecho de otro de los comandos cubriéndole el cuello y rostro de agujeros.

¡Serán imbéciles!

La técnica resultó, pero se expusieron demasiado.

***

En cuanto Sodoma entró al salón supo que era una trampa.

—Granadas de humo —les ordenó. El comando lo obedeció, pero ya era demasiado tarde.

Desde varios rincones abrieron fuego contra su equipo. El FES que tenía a la derecha fue alcanzado por una docena de disparos, casi todos impactaron en su rostro. Instintivamente ellos respondieron mientras se lanzaron por el piso buscando refugio tras los paneles de mármol.

Dos de los sicarios salieron de sus escondites y agujerearon a otro de los comandos, pero esta vez ya estaban preparados. El último miembro de la FES los acribilló a balazos. Sodoma no perdió un segundo, visualizó a uno de los mercenarios escondido tras unos estantes de madera diseñados para poner las toallas y corrió directamente hacia él. Con la Kriss Vector al hombro fue lanzando ráfagas continuas para así evitar que el esbirro lograra sacar su cabeza. Cuando estuvo prácticamente encima de él, se quedó sin balas... situación que ya tenía prevista. La reacción del sicario no demoró en el segundo que tardó en comprender la situación, sacó la AK 47 por el borde y cubrió todo a su alrededor con un abanico de balas.

Sodoma rodó por el piso lanzado la Kriss a un lado pues no tenía tiempo de recargarla, sacó su Beretta y quedó al lado contrario del sicario. Este apenas tuvo tiempo de comprender que lo habían rodeado. Cuando se dispuso a girar, dos balas impactaron en su pecho y una tercera hizo que su cabeza explotara lanzando un espray de sangre contra el humo que se mantenía cubriéndolo todo.

***

El último comando de la FES se vio rodeado tras uno de los paneles de mármol. Comprendió que no podía cubrir dos lados a la vez. Escogió el de la derecha y avanzó directamente hacia uno de sus enemigos, acribillándolo prácticamente a quemarropa. A su espalda escuchó los disparos de los dos mercenarios que quedaban, sin embargo, no sintió las balas que atravesaron su cráneo.

***

Frente a la puerta del mini submarino esperaba su capitán. Los guardias que escoltaban a Josefina no dudaron en seguir las órdenes de Chiapas, a pesar de las protestas de la mujer. Se limitaron a ignorarla mientras la sentaban casi a la fuerza.

Una vez que la escotilla se cerró, Josefina experimentó una ola de mareos que, por momentos, le hicieron perder la conciencia. El dolor era tan intenso que apenas si podía soportarlo o contener sus gritos. La pérdida de sangre hizo que se fuera rodeando de sombras. Lo último que pudo recordar fue el sonido del submarino mientras comenzaba a descender en las oscuras aguas con sus luces apagadas.

***

En cuanto Irina emergió a la superficie, ya una lancha rápida los estaba esperando. Los comandos la izaron del agua sin mucha delicadeza. Por lo visto, el factor tiempo era clave.

El resto del grupo subió por los costados como si fueran ranas. Aquellos hombres practicaban esa clase de ejercicios miles de veces al año, así que ni se sorprendió cuando en menos de un minuto los motores fuera de borda rugían a toda marcha, alejándolos del resplandor del yate.

Irina sintió unos poderosos brazos que la envolvieron mientras le frotaban el pecho para que entrara en calor. En la oscuridad, reconoció el rostro de Gerardo, este le sonrió:

—Volvemos a encontrarnos.

—¿Dónde está?

—¿Dónde está quién?

—Mi hijo...

—Está a buen resguardo; Sodoma lo rescató.

—Y el viejo... Manuel Mendoza, ¿dónde está?

Gerardo le sonrió, pero prefirió no responder.

CAPÍTULO 27
ACORRALADO

Costa de Veracruz (Yate Anfitrite)

Pedro comprendió que no tendría otra ocasión como esa. Sodoma, atrapado tras uno de los paneles de mármol, prácticamente sin salida. Hizo un gesto a su último mercenario indicándole que tuviera mucho cuidado. Ambos avanzaron cubriendo cuidadosamente cada paso que daban.

Algo rodó por encima de los cristales que cubrían el piso. Chiapas no necesitó ver el objeto para saber que se trataba de una granada de fragmentación.

—¡Granada! —le dio tiempo a gritar.

***

El estallido estremeció el yate, provocando la caída de trozos de yeso y vigas de madera del techo y las paredes. El piso se cubrió de una gruesa capa de cristales, que se fragmentaron cuando corrió por encima de ellos. Entre el humo y las luces que parpadeaban, logró reconocer a Pedro. Aún medio aturdido, este levantó su rifle. Sodoma le metió tres disparos en el pecho, lanzándolo por encima de un sofá. Entonces sintió el impacto de una bala atravesar su hombro y una segunda en su muslo izquierdo. Dos disparos más se incrustaron en la lámina de porcelana que cubría su espalda.

Giró sobre sí sintiendo la línea de calor dejada por los proyectiles que cruzaron por encima de su cabeza.

Apuntó al mercenario, pero no tuvo oportunidad de disparar. Una patada en su rostro lo lanzó contra la pared. Pedro Chiapas (aun recuperando el aire por el impacto de las balas que no atravesaron su Kevlar) se lanzó sobre él.

Sodoma levantó su Beretta y disparó varias veces al aire sin poder conectar con el blanco. Chiapas, con los movimientos de un experto en Aikido agarró su muñeca y le apretó los puntos de presión que hicieron que soltara al instaste la pistola, de un barrido la lanzó contra una de las paredes. Sodoma giró su mano para desprenderse del agarre, haló hacia él a Chiapas y de un cabezazo le partió la ceja derecha.

No hubo palabras ni insultos, solo un grito de dolor cuando Chiapas sintió la sangre correr por su rostro. Sodoma no tuvo tiempo de darle un segundo golpe, ya que sintió el agarre en su cuello del otro sicario. Ambos forcejearon por el piso, entre cristales y astillas de madera. Ninguno logró obtener una posición ventajosa. Sodoma superaba a sus dos adversarios en peso corporal, pero podía sentir como su descomunal fuerza se le iba escapando de sus miembros a medida que continuaba perdiendo sangre.

En un último movimiento desesperado empujó a su oponente hasta separarlo un metro, logró levantarse para recibir la carga del sicario, quien agachó su cabeza y se lanzó contra él intentando atraparle las piernas para tirarlo al piso…

***

Chiapas se limpió la ceja. Vio su mano empapada en sangre y supo que si salía con vida del yate iba a necesitar varios puntos de sutura. Observó el combate entre Sodoma y el sicario. Por desgracia, solo duró unos segundos.

El gigante logró desprenderse del agarre de su adversario, este volvió a la carga lanzándose contra sus pies en un intento desesperado por atraparle las piernas, pero Sodoma lo recibió aplicándole una técnica...

Baliog Pomali, murmuró Chiapas. ¡Maldita sea!

Impotente, Pedro Chiapas advirtió cómo su último guardia se lanzaba hacia una muerte segura. Sodoma dejó que le atraparan las caderas, dio un paso atrás, puso su codo contra el cuello del sicario y con la otra mano creó una palanca contra el brazo, luego dejó caer todo el peso de su cuerpo (más de doscientas libras) sobre su rodilla derecha, quebrándole el cuello y desgarrándole los músculos del hombro. La columna vertebral del sicario estalló bajo tanta presión provocándole una muerte instantánea.

***

Sodoma no tuvo un segundo de respiro. Chiapas desenvainó su cuchillo de pescador y se abalanzó sobre él. Esquivó los primeros ataques logrando sacar su tomahawk. Ahora la pelea estaba pareja, pensó. ¡Error!

Solo tres movimientos bastaron para que intuyera que no ganaría ese combate. Chiapas estaba en perfectas condiciones físicas, solo tenía un golpe sobre su ceja, y era un experto en Aikido. Cuando se abalanzó sobre él, Chiapas lo esquivó con facilidad, giró hacia los lados, atrapó su muñeca y le hizo varios cortes en el antebrazo. Sodoma no tuvo más remedio que soltar su hacha, entendiendo al instante que tenía las de perder.

***

—Nunca pensé que llegaría este momento — Chiapas acomodó su cuchillo mientras estudiaba los movimientos de Sodoma—, ¿sabes?, quizás si estuvieras en mejores condiciones no me atrevería a un mano a mano contigo.

—Pero eso tiene remedio, déjame recoger mi pistola y ya está.

—No, no creo, lo mejor que te puede pasar…

Chiapas se detuvo ante la sonrisa que atravesó el rostro de Sodoma. ¡Esto no me gusta!

Pedro Chiapas se preparó para cualquier posible ataque, el peso de Sodoma contra un experto de Aikido como él solo significaba problemas para su adversario, pero nada lo dispuso para aquella embestida. Sodoma se lanzó contra una de las camas de plástico plegables que había junto a la piscina usándola como escudo y cargó contra él.

Chiapas comprendió demasiado tarde la intención de Sodoma, sin poder moverse hacia ningún lado recibió el impacto del gigante como si este fuera un defensa de la NFL. El empujón los lanzó a ambos hacia la piscina.

***

Ahora todo era cuestión de segundos. Los cuerpos se mezclaron en el agua, pero ni por un instante Sodoma perdió de vista la mano que sostenía el cuchillo. La afilada hoja penetró dos veces en su muslo y una tercera en su cadera. Allí fue donde logró sostenerle la mano, él también conocía perfectamente los puntos de presión que obligaban hasta al más experto en combates cuerpo a cuerpo a soltar un cuchillo.

Entre el forcejeo, ambos contrincantes se fueron sumergiendo, sus rostros coincidieron y Sodoma pudo ver el miedo en los ojos de Chiapas. Este acababa de comprender que su elemento no era el agua. Un especializado de Aikido necesita pelear bajo un piso firme de modo que pueda usar la gravedad en contra de su oponente; en el agua, luchando contra un experto en Krav Maga, tenía pocas posibilidades. Por eso, en un intento desesperado le atacó los ojos y puntos vitales de cuello.

Sodoma se removió como una anguila desprendiéndose de los agarres de Chiapas, vio como este nadaba hacia el borde de la piscina. El peso de todo el equipo táctico que traían encima lo sumergió rápidamente hacia el fondo, pero no trató de subir a la superficie, simplemente esperó que Chiapas lo intentara primero. Nada más que apoyó los pies en el piso de la piscina flexionó las piernas, se desabrochó el chaleco antibalas y luego se impulsó hacia la superficie con todas sus fuerzas.

***

Desesperado por una gota de oxígeno, Pedro Chiapas pataleó hacia la superficie, en cuanto asomó la cabeza y tomó una boconada de aire, sintió dos poderosas manos entrar por debajo de sus brazos y crear un agarre mortal tras su cuello.

Sodoma acababa de aplicarle una llave Nelson… simple y letal.

***

Sodoma también tomó una boconada de aire, aseguró la llave de inmovilización contra el cuello de Chiapas y empleando su propio peso lo sumergió hacia el fondo de la piscina.

Pedro Chiapas pataleó, movió las manos intentado meter sus dedos en los ojos de su atacante, pero como una boa constrictora que comienza a aplicar sus anillos sobre un indefenso lagarto, la presión ejercida por aquellos musculosos brazos fue quebrándole poco a poco las vértebras del cuello. Impotente, dejó escapar un grito de dolor... el agua entró hasta los pulmones como si fuera ácido puro.

Sodoma sintió los últimos temblores de vida en el cuerpo quebrado de su enemigo. Esperó varios segundos más antes de subir a la superficie.

Tardó varios minutos en recuperar las fuerzas suficientes para salir por completo de la piscina. Recogió su pistola y miró una vez más el agua. Desde el fondo el cuerpo sin vida de Pedro Chiapas lo miraba fijo con sus ojos a punto de salirse de las orbitas.

CAPÍTULO 28
REVELACIONES

Piso seguro del Mossad.

España

Nada de lo que estaban observando tenía una pizca de sentido. ¡Cómo demonios lo iba a tener!

La Medusa y su equipo habían encontrado evidencia de que Lucía sabía mucho más de lo que aparentaba. Las primeras pistas fueron básicas y no llamaron mucho la atención. Era evidente que, a su regreso de Cuba, la joven española se había enamorado de un mulato apodado el Nava.

Su perfil de Facebook cambió a los pocos días de su regreso, dejando claro que estaba disfrutando una relación amorosa. La Medusa miró las cientos de fotos en las que aparecía el mulato y tuvo que admitir que Lucía tenía muy… *pero que muy buen gusto.* También la relación entre sus familiares se estrechó durante su breve visita, pues en las imágenes, si no estaba abrazada al mulato lo estaba de sus dos primos; dos gemelos a los que solamente se les podían distinguir por la ropa. Uno vestía como un intelectual de la trova cubana; el otro, al estilo de los cantantes de reggaetón. Hasta ahí nada era sospechoso. Ahora, una cosa llamó la atención de todos: no había un solo retrato de Manuel Mendoza.

Así que al abuelo no le gustan las fotos… ¡qué interesante!

Lo segundo que activó las alarmas fue la cuenta de banco de la joven. Encontraron un depósito hecho por una compañía especializada en la compra de arte. El pago fue tramitado por la agencia de abogados, que representaba el padre de Lola, la mejor amiga de Lucía.

Por lo visto, Lucía vendió algo por el valor de setenta mil euros. ¡Una fortuna! Si lo comparaba con su salario actual, tardaría varios años en ahorrar esa suma. Buscarle una explicación la llevaría a reflexionar en varias hipótesis: la más probable sería que la joven hubiese encontrado algún objeto o joya de valor en su viaje a Cuba y resolviera vendérselo a algún coleccionista de obras de arte. La conjetura quedó confirmada en cuanto comenzaron a revisar el disco duro. De hecho, comprendieron que todo lo que podrían haberse imaginado sobre aquella misión, se les estaba quedando muy pequeño. Atrapar a uno de los terroristas que encabezaba la lista de enemigos de Israel, comenzaba a ensombrecerse ante el nuevo descubrimiento.

***

—Necesito una línea segura —ordenó la Medusa. El Hobbit sacó un teléfono satelital de una de las maletas que contenía todo el equipo de espionaje. Marcó un número y se lo pasó a su colega. El resto del grupo no pudo despegarse del monitor que estaba trasmitiendo las imágenes y los videos tomados por Lucía. Al otro lado de la línea alguien respondió—. Necesito una reunión de emergencia.

—¿Qué ha pasado? —preguntó el representante del Mossad desde Tel Aviv.

A la par que miraba la pantalla, la Medusa no halló las palabras para explicarlo.

En el monitor se veía a Lucía acompañada por sus dos primos gemelos y su novio. Los cuatro jóvenes entraron en lo que parecía ser un búnker militar. La cámara recreaba escenas que les resultaban imposibles de comprender, aunque Lucía se aseguró de que las tomas fueran de ángulos completos.

Tras unos segundos de incertidumbre, se vio con claridad la silueta de lo que parecía ser un almacén militar. Aunque lo que más les sorprendió era el armamento que había dentro: tanques de guerra de la Segunda Guerra Mundial, perfectamente alineados, la mayoría cubiertos por lonas; varias montañas de cajas repletas de armas cubrían algunas paredes (los gemelos servían como modelos para mostrar el interior de cada caja); por otro lado, el novio de Lucía mostró diferentes salas de planificación militar.

El joven entró en algunas de ellas para señalar las paredes donde colgaban lábaros nazis. Por un instante, llegaron a pensar que aquello parecía el set de una película de Indiana Jones; incluso, hasta alguien planteó la idea de que podía tratarse de una broma extremadamente real. Aunque —a medida que pasaban los segundos, y la cámara continuaba mostrando pruebas infalibles—, los elementos mostrados comenzaron a cobrar un sentido diferente en la mente de la Medusa.

Por si todas aquellas sorpresas no hubiesen sido suficientes, en la habitación se hizo un silencio total cuando apareció en la pantalla la imagen de un submarino, ¡un colosal submarino de la Segunda

Guerra Mundial, con sus monstruosas ametralladoras instaladas en la punta!

¡Esto no es un video casero para obtener mil vistas en YouTube ni nada parecido!

Dentro de la habitación, los reunidos se miraron sin pronunciar una sola palabra. Hubo varios cortes en la grabación, después volvía a aparecer el grupo (siempre Lucía como camarógrafa), en esa ocasión entraban al interior del submarino.

Los minutos se transformaron en horas, y al igual que el grupo que estaba a punto de experimentar un ataque claustrofóbico a medida que avanzaban por los pasillos del submarino, los agentes del Mossad, incluyendo a la Medusa, estaban a punto de arrancarse los cabellos.

Por fin la cámara mostró lo que parecía ser el almacén del submarino.

***

—¿Qué ha pasado? —volvió a insistir el coordinador del Mossad.

—Realmente no sé cómo ponerle palabras...

Ahora me explico de dónde sacaste los sesenta mil euros.

En ese instante la videocámara mostró el interior de una de las cajas cubiertas por lonas y un encofrado de madera. Las barras de oro con el sello nazi eran la prueba definitiva de un descubrimiento que cambiaría la historia del siglo XXI.

You have to see the big picture, la famosa frase americana chocó en las paredes de su cerebro. La

Medusa comenzó a atar las partes del rompecabezas comprendiendo la magnitud de lo que acababan de descubrir. Era evidente por qué Nikita Sokolov estaba tras el Shadowboy. Manuel Mendoza, desaparecido a finales de la Segunda Guerra Mundial, había huido a Cuba en ese submarino, y ese video que tenía delante era la prueba. La leyenda de una flota desaparecida acababa de ser revelada, y nada menos que por la sobrina del anciano.

Aún quedaban piezas sueltas; el laberinto de preguntas apenas había comenzado a brindar respuestas. Pero algo sí era evidente, Lucía descubrió (¿cómo?, aún no lo tenía claro), lo que sin dudas estaba buscando Nikita Sokolov. De alguna manera ese búnker, el anciano Manuel Mendoza, el comando que fue enviado a Cuba y que jamás regresó, Lucía, su novio y sus primos estaban relacionados. Ya no le quedaba duda de que Sokolov andaba tras la pista del submarino y el tesoro que ocultaba.

—Necesito una reunión inmediata, esto es demasiado grande. Necesito más personal.

El coordinador comprendió lo peligroso de la situación. La Medusa no era cualquier agente; el hecho de que estuviese pidiendo ayuda, simplemente significaba un sinnúmero de ramificaciones que escapaban a su cargo. Ningún agente pedía apoyo en una misión como aquella una vez comenzada, a menos que la situación realmente se les estuviera yendo de las manos, o tropezaran "con algo" que el grupo no pudiese llevar a cabo.

—Punto A, dentro de una hora, un auto te recogerá para llevarte a un piso seguro.

***

La Medusa colgó la línea y miró a sus compañeros. Todos comprendieron que la misión acababa de dar un giro de 360 grados. El acercamiento a Lucía ahora era inminente, o de lo contrario, corrían el riesgo de que la joven fuera secuestrada de un momento a otro y sometida a torturas por el psicópata de Sokolov hasta que el sádico obtuviera la información que necesitaba.

A partir de ese momento era una carrera contra reloj. Debía crear lazos de amistad con la joven española en tiempo récord, no sabía cómo, pero en el viaje que ya la joven estaba preparando para volver a Cuba, ella misma tendría que alcanzar un boleto.

CAPÍTULO 29
ENCUENTROS

Instalaciones secretas de la FES en Veracruz

Cuando Irina entró en la pequeña habitación reconoció de inmediato a Manuel Mendoza. Corrió hasta él y lo abrazó. Por extraña que fuera la situación, a pesar de haberlo visto una sola vez, estaba consciente de que su rescate se lo debía por entero a aquel anciano.

—Tú hijo está bien, podrás reunirte con él dentro de un momento. —Fue lo primero que escuchó de él. Manuel separó su cuerpo para sostenerle el rostro entre sus manos. Irina comprendió que esa pausa que estaba haciendo era solo para escoger las palabras que diría a continuación, al final decidió usar términos bien simples—: lamento realmente que hayas tenido que pasar por toda esta… pesadilla.

—Yo también lo siento, pero así es la vida.

—No pienso robar mucho de tu tiempo, solo quiero hacerte una pregunta.

Irina se encogió de hombros con un gesto que fácilmente quería decir: *pregunta lo que quieras, ¿qué más da?*

—El ruso, el traficante de armas que piensa trabajar para el general Sandoval, sabes cómo se llama

—Claro, de hecho, lo conozco personalmente. —Mendoza levantó una ceja, único signo de sorpresa que Irina pudo detectar—. Ha visitado varias veces la isla. Pero Sandoval nunca se reunía con él, siempre enviaba a Shangó. Se llama Nikita Sokol... no, creo que era Sokolvi...

—Sokolov.

Irina asintió.

—Sí, exacto, Nikita Sokolov, ¿lo conoces también?

—Solo de vista, aún no he tenido el placer.

***

Jimmy Scott seguía paso a paso la conversación a través de la cámara oculta del techo. Desde que escuchó el nombre, supo que esta vez los cubanos se traían algo realmente grande entre manos. Nadie relacionado con Sokolov jugaba en las ligas menores. Estaban hablando de uno de los traficantes de armas más temido de Europa.

En ese momento, la puerta de la habitación se abrió. En la pantalla apareció la figura inconfundible de Sodoma. Para sorpresa de ambos ancianos, la cubana corrió y abrazó al asesino. Estuvieron abrazados durante varios minutos, que resultaron incómodos para todos, hasta que el mismo Sodoma rompió el silencio.

—Vamos a ver a Yotuel —Sodoma miró la cámara oculta y le enseñó el dedo del medio—, Búho, ella y el niño se van conmigo. Si la quieres volver a ver sabes dónde encontrarme. Pero por favor, llama antes... para no alimentar a mis perros en esos días.

Manuel Mendoza comenzó a reírse, a Scott no le hizo ninguna gracia.

***

Hacienda Los Tres Santos, Veracruz, México

El niño corrió hasta la madre.

Irina lo abrazó tan fuerte que a Yotuel se le pusieron rojas las mejillas, pero no se quejó. La cubana, como toda madre obsesiva, comenzó a besarle las orejas, la cara y la nariz. Buscaba detalles que solo ella podría encontrar. El niño, por alguna razón, disfrutaba de aquella búsqueda maternal. Alrededor de ellos, en la sala de la mansión de Ordóñez, varios hombres observaban la escena, cada uno de ellos sostenía orgulloso su *cuerno de chivo*. Por su parte, el patrón de las apuestas y Sodoma se apartaron del grupo.

—¿La Llorona sobrevivió?

—Sí, pero Chiapas está fuera del juego.

Aparte del tabaco que estaba saboreando —un Romeo y Julieta que abrió para la ocasión—, nada le provocaba más placer que aquella noticia.

Ordóñez asintió, comprendía lo que aquella información significaba. La pérdida de Chiapas era demasiado para el cártel del Golfo. Ahora la guerra se había declarado, y sin Chiapas en el camino, Montero acababa de perder su brazo armado.

***

En cuanto se corrieron los detalles de la noticia, un ataque directo por parte de la FES al yate privado del "patrón de Veracruz", muchos de sus hombres confirmaron que el propio Ulises tuvo que ver con la planificación del abordaje. Era un crédito que hasta cierto punto lo ayudaba, demostraba los fuertes vínculos que tenía con los comandos de la FES.

Ahora todo era un caos, los patrones del Golfo se habían dividido, cada uno defendiendo con uñas y dientes sus plazas y pisos. Se crearon dos bandos. Montero movió a sus hombres, armas y droga a lugares seguros; Ordóñez no se quedó de manos cruzadas. Pero acababa de añadir a su clan una adquisición que pronto mostraría mucho valor.

Los rumores serían confirmados en pocos días. Sodoma, el sicario más peligros de todos los cárteles, apoyaba abiertamente a Ordóñez, la noticia iba a provocar un giro en la balanza del narcotráfico mexicano.

***

Cuatro días después

Desde la terraza, vieron como Yotuel jugaba en la piscina en compañía de su madre. Irina llevaba puesto un bikini no muy escandaloso, aun así, muy pocos guardias (incluyendo Ulises), podían evitar mirarla.

—Y ahora, ¿qué hacemos? —preguntó Ordóñez.

—Pues te preparas para la guerra.

—¡No mames, güey! Yo sé lo que me toca, ya empecé los preparativos —la maquinaria de corrupción del patrón de las apuestas se había puesto en marcha. El reclutamiento de sicarios, mercenarios élites y el aumento de salarios a los policías y políticos que estaban en su nómina, se hizo famoso. Muchos políticos le hicieron llegar discretamente su apoyo, de igual manera, altas figuras públicas tanto de la farándula como de los medios más serios del país—.

Sabes que me refiero a ti.

—Yo, pues me regreso a los Estados Unidos. Tengo que organizar a mi gente.

La Llorona había sobrevivido, y según los comentarios hubo que realizarle varias operaciones quirúrgicas. No obstante, perdió la pierna. Tal vez fueran rumores, aunque a Sodoma no le importó demasiado. Tampoco sería tan estúpido como para subestimar los deseos de venganza de Felipe Montero.

—Tienes mi número—le dijo—, llámame si surgen problemas.

Ordóñez supo que no había nada más que decir.

***

Cargó a Yotuel, lo besó en la frente y luego lo sentó en el interior del auto. Se aseguró de ponerle el cinturón. Cuando giró, Irina lo estaba mirando.

—¿A dónde vamos?

—Que tal a mi casa.

Irina levantó provocativamente una ceja y simuló que se lo estaba pensado. Por fin le respondió, pero su sonrisa coqueta había desaparecido. Estaba seria como nunca antes.

—¿Estás seguro?

—Todo depende de ti. Mi gobierno te puede poner en un programa de protección de testigos. Se mueren de ganas por tenerte a solas en una habitación. Quieren obtener hasta el último nombre que sabes. O puedes…

—Quiero ir a tú casa.

A juzgar por su mirada, Sodoma supo que no había nada más que decir.

—Pues a mi casa.

—¿Hay súper héroes en tú casa? —preguntó Yotuel.

Sodoma se lo pensó seriamente.

—Creo que más de los que yo quisiera. Aunque no estoy del todo seguro que sean de los buenos, creo que tengo algunos villanos también.

CAPÍTULO 30
MONTAÑAS DE GATLINBURG

Smoky Mountain, Tennessee

Dos meses después.

Los tres Cadillac Escalade se vieron obligados a aminorar la marcha por causa de los barrancos que aparecieron a cada lado de la carretera. Rosa se atrevió a mirar en solo dos ocasiones hacia las honduras de la montaña, tan solo para aclarar sus dudas. Si alguno de los autos derrapaba por aquellos precipicios..., pues en pocas palabras; *no va a quedar nadie para hacer el cuento.* Fácilmente se podía calcular que iban a rodar unas cuantas millas montaña abajo. Si en verano no podían avanzar a más de diez millas por hora, ni imaginarse cómo sería en invierno, con la única carretera de entrada y salida cubierta de hielo.

Desde el punto de vista de Jimmy, aquello era otra historia. El maldito viejo parecía estar pasándola de maravillas, como si fueran en una simple excursión al parque.

—Sabías qué las famosas Montañas Humeantes pertenecen a una de las áreas protegidas más extensas de nuestro país. —Rosa lo miró sin poder retener las palabras en su mente. Sus sentidos estaban enfocados en las preguntas que le haría a la puta de Sodoma. La maldita mujer los estaba obligando a jugarse la vida entre aquellos precipicios—. ¿Te imaginas más de 2000 kilómetros cuadrados de bosques y ríos?

Rosa continuó sin prestarle atención. Es verdad que

ya habían pasado más de dos meses desde la muerte de Neo, pero, aun así, ella no se sentía recuperada del todo.

El famoso hacker fue encontrado en su mansión con tres disparos en el pecho y uno en la cabeza. Alguien se tomó el tiempo de cortarle cada dedo de las manos y metérselos en la boca. El mensaje era demasiado evidente. En cuanto el FBI tomó el caso y dio inició a la investigación, lo que encontraron resultó peor de lo que habían imaginado. El hermano de Neo fue secuestrado en México, específicamente por el cártel del Golfo. Durante meses gravaron las secciones de tortura a las que fue sometido, enviándole los videos a Neo, y este, para dejar de recibir uñas y dedos de su hermano, fue obligado a robar información clasificada para luego filtrarla al cártel.

Rosa intuía perfectamente que la prostituta cubana no tenía nada que ver con la muerte de Neo, sin embargo, en su subconsciente la acusaba. Sí Sodoma hubiera seguido a sus secuestradores cuando la sacaron del piso seguro en vez de seguir al niño, quizás las cosas no se hubieran desarrollado de aquella manera. Era muy egoísta de su parte y lo sabía, el niño habría muerto... pero, en fin, ella no estaba en el negocio de los sentimientos. Para tomar decisiones como esa la habían entrenado.

***

El camino se estrechó, llevándolos directamente a un puesto de control. En ese momento, Rosa no pudo creer lo que estaba viendo. Delante de los autos se hallaban tres guardias vestidos con chalecos antibalas, un arnés repleto de cargadores y una M4 colgada al pecho. Uno de ellos les ordenó que bajaran la ventanilla. Miró al interior y reconoció a Jimmy. Primero se cercioraron de que en los autos iba el personal reportado el día anterior. Retiraron de la carretera una cinta repleta de púas que hasta ese momento ella no había visto.

Fue entonces cuando autorizaron a la caravana a continuar su viaje sin más contratiempos.

—¿Qué demonios ha sido eso?

Jimmy le explicó que Sodoma, como siempre, era mucho más que un asesino bajo las órdenes de la CIA. Entre sus muchos objetivos, también estaba el de entrenar a una élite de soldados destinados a una simple misión.

—No me digas, entrena asesinos para que trabajen para el gobierno.

—En teoría (aunque creo que en la práctica también), digamos que más bien trabajan para Sodoma. Cumplen sus órdenes, muchas de las cuales se las damos nosotros. Aunque si revisáramos sus libros, descubriríamos que ellos hacen sus propios trabajos. La idea específica de este lugar es que nadie pueda relacionar a nuestro gobierno con ellos.

—Entonces, ¿qué se supone que sea este lugar?

Antes de que Jimmy pudiera responderle, la caravana llegó al final del camino. Seis monumentales cabañas de troncos (únicas por su diseño country), aparecieron ante sus ojos. Rosa pudo apreciar, sin necesidad de entrar a ninguna de ellas, que cada una poseía una vista preciosa hacia las montañas.

Desde el interior de los autos, escuchó los disparos provenientes de algún polígono que había en la zona. Jimmy le abrió la puerta y le extendió la mano, por simple cortesía, para ayudarla a descender. Ambos fueron escoltados por dos guardias con caras de pocos amigos. No los guiaron al interior de ninguna cabaña, sino a un pequeño parque con dos mesas de picnic.

—Sodoma está en el campo de tiro —le informó uno de los guardias—, estará con ustedes dentro de quince minutos. Dice que no se sientan cómodos.

Jimmy contuvo una carcajada.

El guardia y su compañero se alejaron de las mesas, no tanto como para perderlos de vista.

Estos chicos no confían ni en sus madres.

—Cabañas de troncos, ¿en serio?

En esta ocasión Jimmy no sonrió.

—Nunca te enseñaron a no creer en las apariencias —le recriminó—. Mira mi caso, no soy tan viejo como aparento.

—¡Por Dios, Jimmy! Aparentas tener unos cien años, que más viejo puedes ser.

Jimmy no contraatacó con uno de sus habituales chistes, se limitó a señalarle con la mirada una de las cabañas.

***

Durante quince minutos Jimmy le estuvo explicando que aquellas cabañas eran de todo menos casas de recreación. Con un coste de 2 millones de dólares cada una, eran verdaderos bunkers cibernéticos camuflados.

A sus espaldas, escucharon pasos y risas.

Por el camino que conducía al polígono, un grupo de diez avanzó hacia ellos: seis hombres y cuatro mujeres. Sodoma iba al frente escoltado por cinco barbudos, que parecían recortados de un catálogo de cómo ser un verdadero redneck. Todos, incluyendo a las mujeres, iban artillados como si fuesen para una guerra. ¿Quizás sea para lo que se están preparando?

Chalecos antibalas con arneses, cuatro cargadores en el pecho y más cargadores en la cintura, una M4 reglamentaria y una pistola sujeta a la cadera o en el muslo eran parte del vestuario. Cada uno de los rednecks debía rondar las doscientas cincuenta libras (de puro músculo) y, por supuesto, se sentían orgullosos de que su barba les llegara al pecho. Iban masticando tabaco.

Entre las mujeres Rosa reconoció a Irina.

Pero, ¿qué demonios...?

No pudo atinar las palabras que necesitaba. La cubana llego a la mesa de picnic escoltada por Sodoma. Puso su M4 sobre la mesa y se sentó frente a Jimmy. Rosa no le quitaba los ojos de encima. Recordó las imágenes de la mujer desnuda que venían dentro del expediente de la famosa prostituta cubana, y ahora, la mujer que tenía delante era irreconocible. Más bella incluso, pero letal.

Sodoma estaba fabricando una hermosa asesina. La mirada sensual que usaba en sus fotografías se había trasformado, dándole paso a unos ojos llenos

211

de seguridad. Rosa no pudo impedir una ola de celos profesionales... quizás de algo más. Tuvo que repetirse varias veces que aquella prostituta nunca estaría a su nivel.

CAPÍTULO 31
CAMBIO DE REGLAS

Smoky Mountain, Tennessee

Jimmy decidió no andarse por las ramas, no había razón para prolongar lo inevitable.

—Hola Irina, sabes que hemos venido a ayudarte —por la expresión de la mujer, Scott comprendió que Sodoma ya debía de haberle hecho un juego completo de identidad. Pasaporte, seguro social, tarjetas de crédito y licencia de conducción. Ese siempre era el problema con Sodoma, *el maldito cabrón tiene demasiadas conexiones... pero, sobre todo, le gusta crear sus propias reglas.* Esto podía significar que, en esos momentos, la prostituta podría tener ya más de cinco identidades—. ¿Cómo te encuentras?

—Mejor no podría estar.

—Pues bien, hablemos claro. Hemos venido por ti. Ya te tenemos preparada una habitación segura, más adelante se convertirá en una casa. Una nueva identidad, escuela para tu hijo, y puedes ir a...

—No pienso ir a ningún lugar.

Maldito seas, Sodoma. Bien, allá vamos. Scott miró a Rosa, esta comprendió que había llegado el momento de jugar al policía malo.

—Irina, cariño, no sé si lo has entendido —comenzó a explicarle Rosa en su mejor tono—, no hemos venido a pedírtelo. Hoy te marchas con nosotros y punto. ¿Te quedó claro? Acaso crees...

La cubana dejó escapar una carcajada sínica que sorprendió a Jimmy, y este por lo general no se sorprendía con facilidad. La mirada de la mujer lanzaba chispas de desprecio. Esa actitud obligó a Rosa a modificar su discurso. Aquella situación comenzaba a escapársele de las manos y aún no había expuesto todos sus puntos. A espaldas de Irina permanecía Sodoma, quien miró a Jimmy y le sacó la lengua. Para él todo aquello era una especie de juego, probar fuerzas, recursos y voluntades.

¡Será hijo de puta el muy cabrón!

—Yo lo tengo bien claro, "cariño" —le respondió Irina—. Pero no pienso ir con ustedes a ningún lugar. Quieren saber la información que poseo... paguen por ella. ¿Si confío en ustedes? Pues no, no confío.

Bien, juguemos fuerte, cariño. Rosa supo que, si no respondía dejándole bien claro a aquella prostituta que eso era exactamente lo que ella representaba, iba a perder el juego.

—¡Pero, quién coño te has creído que eres, puta de mierda! —Rugió Rosa. Las miradas de todos se perdieron entre las montañas, dejando a las dos mujeres en su duelo de palabras—. ¿Tienes idea de cuánto le has costado a mi gobierno? ¿Se te olvidó ya eres una prostituta, que fuimos nosotros quienes...?

—¡Escúchame tú, imbécil! —Irina no gritó, pero se levantó de la mesa, le dio la vuelta y se puso frente a Rosa, obligándola a dar un paso atrás—. No fueron ustedes quienes me rescataron, fue esa mole de músculos que está a mi espalda. Y tu puto gobierno no tuvo nada que ver, ¿o acaso no sabes que esa misión no está registrada en ningún libro, que fue llevada a espaldas de "todos" los que debían autorizarla?

Pero Sodoma, ¿qué demonios estás creando? Jimmy miró a Sodoma como diciéndole; *acabas de crear a la esposa de Frankenstein.*

Rosa se quedó sin argumentos solo por unos segundos.

—Por tu culpa murieron buenos hombres. Mi amigo...

—... me delató. Por su culpa pusieron a mi hijo en una camilla para sacarle los órganos. Tienes hijos, ¿verdad? ¿Cuál es la diferencia? ¿Qué hace que tu hijo valga más que el mío? Para ustedes solo era y soy una moneda de cambio. Pues bien, dejemos claras las reglas.

Rosa iba a replicar algo, pero una simple mirada de Scott le indicó que ya era suficiente. *Probamos fuerza y perdimos.*

—Muy bien, Irina, ¿qué propones? —como todo buen negociador, el viejo Búho sabía cuándo los ánimos estaban cargados y era tiempo de retirarse, de ceder, como en este caso. Por su parte, Sodoma sin dudas lo estaba pasando de maravillas—. ¿Cuáles serían esas reglas?

***

Jimmy Scott, el viejo Búho de la CIA, reconoció el cambio irreversible en Irina. Lo había visto en suicidas, en fanáticos religiosos, en terroristas, en psicópatas, soldados y espías, ahora volvía a comprobarlo en la mujer que tenía enfrente.

—Me quedo con Julian —Jimmy sonrió al

comprender que la mención del nombre de Sodoma fue un detalle premeditado. La cubana estaba marcando su territorio, dejándoles claro lo vinculada que estaba al asesino al llamarlo por su nombre—. Cada información que les dé tiene un precio. Vamos a dejar algo bien claro, esa será la primera regla de la casa. Ustedes no me han regalado nada, así que yo tampoco lo haré.

—Ok, eso me parece muy bien. Pero primero lo primero. ¿Qué tienes para ofrecer?

En esta ocasión, Sodoma mostró toda su dentadura, era la sonrisa más hipócrita que Rosa hubiera visto en su vida. El mensaje era demasiado claro; *me saqué la lotería con ella... y les voy a pagar una mierda.*

—Tengo suficientes nombres de generales, coroneles y mayores que van a participar en la organización que Julio Sandoval está preparando. Conozco varias de las rutas de transporte de la droga, las armas y todo lo que puedan traficar. En estos momentos saben que logré escapar, pero nadie en la isla tiene idea de cuánto sé en realidad. Desde Colombia a Venezuela, conozco los nombres de los altos funcionarios que están vinculados con el cártel de los Soles. Desde Venezuela a Cuba, según el trampolín que quieren crear. Bueno, ya lo tienen en funcionamiento, solo necesitan algunos ajustes. — Irina hizo una breve pausa con la simple intención de que sus palabras fueran cobrando magnitud; a juzgar por la mirada de Jimmy, la cubana supo que los tenía en el anzuelo, el anciano ni se preocupó en disimular sus impresiones—. Desde Europa, Nikita Sokolov apoyará al cártel cubano con armas y tecnología, pero eso ya lo saben, lo que no saben es dónde se harán las reuniones. También conozco los nombres de las compañías fantasmas que generales cubanos han creado en el extranjero para lavar su dinero.

Irina se detuvo. Había dicho todo lo que necesitaba ser dicho y ahora Jimmy lo estaba asimilando. La pausa fue demasiado larga, pero nadie se molestó en apurar al anciano. Por fin, tras analizar toda la información, y sin dudas elaborar uno de sus planes macabros, Jimmy supo que era el momento de finalizar la negociación.

—Creo que vamos a hacer muy buenos amigos — fueron sus únicas palabras.

El Búho se levantó de su asiento y le extendió la mano. Irina se la tomó sin dejar de mirar a Rosa.

—Y bien, ¿tienes algún buen vino que le puedas brindar a este viejo?

—Por supuesto, vamos a la casa. —Sodoma le pasó una mano por encima del hombro al anciano y le preguntó—: Por cierto, ¿ya probaste el *Black Fury* que te di?

Scott prefirió no responder. Por su parte Rosa los siguió a solo unos pasos de distancia, pidiéndole a todos los dioses que Sodoma no le preguntara a ella... temía que la expresión en su rostro pudiese delatarla.

ADRIÁN HENRÍQUEZ

CAPÍTULO 32
LO FEO

Smoky Mountain, Tennessee

Irina abrió los ojos, estaba sola en la cama. Miró el reloj, eran las tres de la madrugada. Julian no se encontraba a su lado.

Se despertó de nuevo.

Rápidamente se levantó de la cama y recorrió el pasillo completamente desnuda. Por el camino fue encontrando las prendas que la noche anterior Julian le fue quitando en el trayecto de la sala a la habitación. Habían hecho el amor como las noches anteriores, ella siempre tomaba la iniciativa, y él lo disfrutaba. Pero al igual que las otras noches, a las tres de la madrugada él se cambiaba de habitación.

Ahí estás.

Siempre la misma rutina.

Julian, parado frente a la puerta del cuarto de Yotuel, sostenía en la mano una pistola y con la otra chequeaba uno de los paneles digitales de la pared. El sistema de alarmas de los sensores de movimiento y sonido no mostraba ningún cambio, aunque él siempre prefería chequearlo varias veces durante la noche.

—Vamos a la cama.

Julian pareció asustado al verla levantada.

—No tenías que haberte levantado, yo solo...

—A la cama.

Como si se tratase de un niño gigante, obedeció sin oponer resistencia.

***

Apenas acababa de dormirse cuando los temblores lo asaltaron.

Como todas las noches, pequeños espasmos, después venían los gemidos, por último, comenzaba a murmurar nombres y lugares en sus sueños, o pesadillas. Irina le pasó la mano por el cabello y atrajo contra su pecho desnudo la cabeza del hombre que le hizo el amor con tanta pasión y delicadeza apenas unas horas antes. Muchos creían que fue Julian (o el famoso Sodoma), quien la rescató del rancho Bacanales, y luego del yate de Montero, la realidad es que fue ella quien lo había rescatado a él. Ahora, sobre aquella enorme cama, se encontraba indefenso, sollozando y pronunciando el mismo nombre una y otra vez.

—¡Luna! No se la lleven por favor… Luna, ven… ¡Luna! ¿Dónde estás? No quiero seguir jugando, bebé… mi Luna.

Irina lo abrazó y al igual que las otras noches, comenzó a susúrrale palabras de consuelo. Desde que decidió quedarse, supo que aquel gigante cubierto de músculos la necesitaba, para muchos no era más que una máquina humana de matar, pero ella sabía la verdad. Julian no era un asesino perfecto ni nada por el estilo. Le acarició el cabello y lo besó. En el fondo, comprendía que la realidad era bien simple: él la necesita más a ella que ella a él.

Irina decidió quedarse para cuidarlo, para protegerlo de él mismo.

Julian intentó volver a levantarse, pero ella lo detuvo con un simple gesto mientras decidió que ya era hora de cantarle al oído la canción con la que acunaba a Yotuel cuando este era apenas un bebé. Por alguna razón, aquella canción lo tranquilizaba.

—¡Ssss! —le susurró al ver que los sollozos no se calmaban y se apresuró a cantar—: ... *basurero, basurero que nadie quiere mirar, basurero, basurero que nadie quiere mirar, pero si sale la luna, pero si sale la luna, tus latas van a brillar...* —Sodoma comenzó a calmarse, la abrazó por las caderas y ocultó su rostro entre sus senos. Ella siguió cantándole al oído—: ... *a las cosas que son feas ponles un poco de amor, y verás que la tristeza, va cambiando de color...*

Agradecimientos:

Esta novela no podría haber sido posible sin la ayuda de varias personas que no aparecen en la portada. Al equipo Shadowboy, compuesto por amigos que son hermanos. Alden, por la maquetación y esa hermosa portada. Por esos cientos de banners y videos promocionales. Al profesor Amado (sin palabras), la revisión de hormiga que llevó a cabo en tan poco tiempo no tengo como agradecérsela. Por último, al escritor y amigo Maykel Casabuena, por los meses y meses de trabajo, por las tantas horas dedicadas al montaje de mi rompecabezas, sin él, la novela que ahora sostienen en sus manos no habría sido posible.

A toda esta lista de amigos, ¡gracias de corazón!

***

Este libro como el anterior lo dedico a mi esposa Leanys (Lea).Una vez más por creer en mí, por obligarme a escribir...Gracias por enviarme para el cuarto, prepararme el termo de café y exigirme que superara las mil palabras...

Gracias, mi Chiquitica.

***

Y a usted, amigo lector ¡gracias! Lo espero en la siguiente aventura...

NOTAS DEL AUTOR:

Hola amigos y lectores... si llegaron hasta aquí, espero les haya gustado la aventura y estén listos para la siguiente entrega. Si quieren tomarse el tiempo de escribirme personalmente, aquí les dejo mi email, o pueden buscarme en Facebook.

Atentamente, Adrián Henríquez.

adrian.henriquezescritor@gmail.com

SÍNTESIS BIOGRÁFICA

Adrián Henríquez (Villa Clara, Cuba, 1987) graduado de la escuela de arte Manuel Ascunce Domenech en la especialidad de teatro, dedicó sus primeros años de graduado a desempeñarse como actor, director y guionista de diferentes proyectos y obras teatrales. En el 2009 ante la irresistible situación económica y política de su país, escapa de Cuba por México, pidiendo asilo político en los Estados Unidos. Como todo nuevo emigrante ha trabajado en múltiples oficios, desde cocinero en una Mcdonald's, cargador de maletas, vendedor de pasajes en una compañía de ómnibus, limpiador de cine o estibador de computadoras Dell, nada de los cual lo ha alejado de su pasión, los libros y escribir. Aficionado a todo tipo de Artes Marciales, y adicto a las peleas de la UFC, reside con su esposa en Nashville, Tennessee. En el 2015 finaliza su primera novela, A la captura del Shadowboy, un relato que sumerge a los lectores en una aventura de espías, acción, sexo y un trasfondo histórico que ha cautivado a todos sus lectores...

En el 2018 lanza la segunda parte de su saga de espías basada en la vida del mítico Shadowboy. Al rescate de Irina, en esta nueva entrega traslada al lector hacia el intrincado mundo de las esclavas sexuales bajo el control de los cárteles mexicanos. La tercera entrega, Alianzas, continúa la saga... en está ocasión con nuevos personajes que se unen a la trama.También en el 2018 lanza la novela gráfica basada en su primera novela; A la captura del Shadowboy. Con ilustraciones creadas por la pintora Dianely Reyes Oliva, y el pintor Ruben Alejandro Vallejo.

Indice

La Tierra de la Muerte Blanca

Kolimá, Norte de Siberia 1952   11

Qassam   17

Capítulo 1: Piezas sobre el tablero   27

Capítulo 2: Luz verde   35

Capítulo 3: La promesa   43

Capítulo 4: El precio del placer   47

Capítulo 5: El Proyecto Medusa   55

Capítulo 6: Cumpliendo promesas   69

Capítulo 7: La Medusa   75

Capítulo 8: Sin escape   83

Capítulo 9: ¿Quién eres?   87

Capítulo 10: El patrón de las apuestas   97

Capítulo 11: Entrenada para escapar   103

Capítulo 12: Falta de paciencia   109

Capítulo 13: Traición y vía de escape   115

Capítulo 14: El Hobbit   121

Capítulo 15: Orgullo y humillación   125

Capítulo 16: Plan B   137

Capítulo 17: El Shadowboy   147

Capítulo 18: Operación Shadow   151

Capítulo 19: ¿Quién tiene más hombres?   157

Capítulo 20: ¿Quién es Heldrich?   161

Capítulo 21: Juego de espías   165

Capítulo 22: Nada tiene sentido   169

Capítulo 23: Mark V   171

Capítulo 24: Cada bando quiere algo   175

Capítulo 25: No queremos rehenes   179

Capítulo 26: La única salida   185

Capítulo 27: Acorralado   189

Capítulo 28: Revelaciones   195

Capítulo 29: Encuentros   201

Capítulo 30: Montañas de Gatlinburg   207

Capítulo 31: Cambio de reglas   213

Capítulo 32: Lo feo   219

NOTAS DEL AUTOR

SÍNTESIS BIOGRÁFICA

Made in the USA
Middletown, DE
29 February 2020